ПИКНИК
НА ОБОЧИНЕ

Аркадий Стругацкий
Борис Стругацкий

路边野餐

[俄罗斯] 阿卡迪·斯特鲁伽茨基　鲍里斯·斯特鲁伽茨基 著
刘文元 译

河南文艺出版社
· 郑州 ·

读客科幻文库

跟着读客读科幻，经典科幻全看遍。

序

厄休拉·勒古恩

这篇序言的一部分摘自我在1977年为《路边野餐》撰写的一篇评论，那年这本书的英语版本首次发行[①]。我想把那个时代读者的一些反应记录下来。当时，苏联最糟糕的日子依然历历在目，而苏联小说在智慧和道德上仍旧趣味盎然，散发着勇于冒险的魅力。同样是在那时，对苏联科幻作品的正面评价在美国还很少见，基本上都是关于它们的政治声明，因为美国科幻界那些参与冷战的人士认为，生活在铁幕[②]之后的每一位作家都是敌方意识形态的拥护者。为了保持道德的纯洁性，这些保守派拒绝阅读（保守派们向来如此），这样他们就不必注意到这个事实：多年来，苏联作家一直在

---

① 《路边野餐》于1977年首次在英国和美国出版，英译者为A. W. 布伊斯。我的评论文章《斯特鲁伽茨基兄弟的新作》发表于《科幻研究》（*Science Fiction Studies*）第4卷第12期第2部分（1977年7月）。——序言作者注

② 二战后西方对苏联和东欧国家的通称。——译者注（本书注释如无特殊说明，均为译者注）

用科幻的形式书写相对不那么受其现实影响的作品。

无论何种现状，科幻小说都很容易运用想象力加以颠覆。那些官僚和政客不懂得如何培养自己的想象力，往往认为里面不过就是些射线枪和胡说八道的玩意儿，只适合给孩子看。作家可能只有像扎米亚金在《我们》中那样对乌托邦公然批判，才会招致审查机关的镇压。斯特鲁伽茨基兄弟既没有公然批判乌托邦，也从未（据我所知）直接批判他们政府的政策。他们所做的无非就是写得仿佛对意识形态完全不感兴趣，我当年觉得这是最令人钦佩之处，现在仍然这样认为，而我们许多西方国家的作家都很难做到这一点。这二位就像自由之人一样写作。

* * *

《路边野餐》讲述了一个与众不同的“第一类接触”类的故事。外星人造访地球，随后便离开了，在地球上留下几个着陆区（现在被称为“造访区”），里面到处都是他们丢下的垃圾。野餐的外星人已经走了，驮鼠一样的人类虽然高度警惕，但同时也充满好奇，他们靠近皱巴巴的玻璃纸、啤酒罐上闪闪发光的拉环，试图将其驮回自己的洞穴。

大部分垃圾碎片都令人费解，且极度危险。其中一些被证明很有用（比如为汽车提供动力的永续电池），但科学家们始终都不确定，他们对这些装备的应用方式是否恰当，是不是在某种程度上就像把盖革计数器当作手斧，把电子元件当作鼻环。他们搞不懂这些造物的工作原理及其背后的科学问题。一家国际研究所资助了这方面的研究。交易垃圾的黑市繁荣起来。“潜行者”潜入禁区，冒着各种骇人的致残或死亡风险，偷取外星人的垃圾，把东西带出来，然后卖掉，有时甚至还会卖给研究所。

在传统的“第一类接触”类的故事中，沟通一般是由英勇无畏、富有献身精神的太空人完成的，紧接着，双方会进行知识交流、军事较量或做一笔大买卖。但在《路边野餐》里，那些来自太空的造访者即便注意到了我们的存在，对沟通也显然毫无兴趣。也许在他们看来，我们就是野蛮人，或者与鼫鼠无异。他们不予交流，我们无从了解。

可是，人类需要了解。那些造访区影响着每一个与之相关的人。对造访区的探索滋生了腐败和犯罪；逃离造访区的人，灾难如影随形地跟着他；潜行者的后代基因发生变异，变得不像人。

虽然基于这一晦暗设定，作者却将故事写得真实生动，走向令人难以预测。故事地点好像位于北美，也许是加拿大，但人物并无特别的民族特征。但是，他们每个人都被刻画得栩栩如生，讨人喜欢。那个老奸巨猾的潜行者——倒卖商浑身散发着一种既令人反感、又招人喜爱的活力。作品中的人物都很真实可信，没有什么才智超群的角色，都是平凡之人。核心人物雷德就是个普通人，他脾气暴躁，冷酷无情。大部分角色都吃苦耐劳，过着毫无尊严、没有希望的生活，他们既不多愁善感，也不愤世嫉俗。人性没有被过分美化，但也没被丑化。作者对笔下的人物充满怜悯，同时也没有掩藏他们各自的弱点。

在本书问世的年代，以普通人作为主要人物的科幻小说是极为罕见的。即便是现在，这种文学类型也很容易落入精英主义的窠臼，主人公都是些才智超群、举世无双的天才，是船长而非船员，是手握大权者而非工薪阶层。那些想让这一文学类型保持专业化——更确切地说是“晦涩难懂”——的人，倾向于精英主义的风格。而那些单纯把科幻小说当成一种写作方式的人，则更喜欢托尔斯泰式的方法，这种方法不仅从将军的角度，还通过家庭妇女、囚犯和16岁男孩的视角来描述战争。《路边野餐》即是如此，不仅通过知识渊博的科学家来描述外星人的造访，而且重点讲到了它对普通人的影响。

人类目前或将来能否理解我们从宇宙中接收到的任何乃至全部信息？对于这个问题，大多数从科学至上主义大潮中诞生的科幻小说通常会毫不犹豫地回答“能”。波兰小说家斯塔尼斯瓦夫·莱姆称之为“人类认知普遍主义的荒诞”。《索拉里斯星》是他关于这个主题的著作中最著名的一部，在该书中，人类因无法理解外星生命体发出的信息或非自然物体而遭遇挫败，他们最终没能通过考验。

认为“更高等”的生物可能对人类完全不感兴趣的想法，会很容易受到公然嘲讽，但两位作者却用一种讽刺、滑稽且富于同情心的基调表达了这个观点。在小说后半部分，一位科学家和一名心灰意冷的研究所员工，就外星人造访的影响和意义展开了一番精彩绝伦的辩论，作者在伦理道德和智慧上的超高修养由此跃然纸上。不过，个体命运才是故事的核心。一般而言，点子文学的主人公都是提线木偶，但雷德却是个有血有肉之人。我们关心他的命运，因为他的生存和救赎都处在危急关头。毕竟，这是一部俄国小说。

斯特鲁伽茨基兄弟把莱姆关于“人类理解论”的讨论做了进一步的升级。如果“人类处理外星人遗留物品的方式”是一种考验，或者，如果雷德在最后那可怕的一幕中经受了残酷考验，那么，考验实际上是什么呢？我们怎么知道到底通过了没有？究竟何谓“理解”呢？

最后的许愿“希望每个人都幸福、自由”，无疑带有强烈的政治意味。不过，这部小说绝不仅是关于苏联解体，或者基于科学的“普遍认知论”之美梦破灭的寓言。在书中，雷德的最后一句话是对上帝说的，也可能是对我们说的，那句话是：“我从未将灵魂出卖给任何人！它完全属于我，还有未泯灭的人性！你自己搞清楚我想要什么吧，因为我知道，我的愿望不可能是邪恶的！”

善良……善良必须在邪恶中

创造……因为没有别的东西

能创造善良。[①]

——罗伯特·佩恩·沃伦

① 出自《国王的人马》。该书作者罗伯特·佩恩·沃伦（1905—1989）系美国国会图书馆的第一任桂冠诗人。

以下对话摘自哈蒙特[1]广播电台驻派记者对19××年诺贝尔物理学奖得主瓦伦丁·皮尔曼博士的一次采访。

记者：……皮尔曼博士，我想您的第一项重大发现应该是著名的“皮尔曼辐射点”吧？

皮尔曼博士：不能这么说。皮尔曼辐射点既不是我的第一项发现，也没那么重大，而且，严格来讲，它甚至连“发现”都算不上。再者说，那也绝非我一个人的功劳。

记者：博士，您一定是在开玩笑吧？人人都知道皮尔曼辐射点，甚至连小学生都知道。

皮尔曼博士：这并不奇怪。事实上，皮尔曼辐射点是由一个男学生发现的。我本该告诉你他的名字，但可惜我一时间想不起来了。你可以看看斯特森的《造访的历

① 作者虚构的一个国家里的一座小镇。

史》，那本书对此事的始末介绍得很详细。实际上，辐射点是被一个男学生发现的，其坐标是被一个大学生公布的，最后却用我的名字命名。

记者：啊，确实是这样，谁都说不准某项发现的功劳最后会归到哪个人身上。皮尔曼博士，您能否向我们的听众解释一下……

皮尔曼博士：没问题。皮尔曼辐射点其实非常简单。想象一下，有一个巨大的球体，让它飞快旋转，然后朝它射几发子弹。球体表面的弹孔都会落到同一条平滑曲线上。我那个所谓重大发现的关键点，是下面这条很简单的论述：位于地球表面上的所有六个造访区，就像是从地球和天津四之间的某个位置朝地球开枪所产生的六个弹孔。天津四是天鹅座主星。按照这个比喻，皮尔曼辐射点就是我们给太空中那个“开枪点”所起的名字。

记者：谢谢您，博士。亲爱的听众朋友，相信大家终于听到了一次关于皮尔曼辐射点的清晰阐述！顺带一提，前天是“造访”13周年纪念日。您愿意就这个问题说几句吗?

皮尔曼博士：你的听众想听什么？可别忘了，我当时并不在哈蒙特。

记者：那我们就更感兴趣了，当您听说您的故乡被一种高度发达的外星文明入侵时，您是怎么想的?

皮尔曼博士：说实话，我起初以为那肯定是个恶作剧。我无法想象，咱们这个小镇上竟会发生这样的事。西西伯利亚、乌干达、南大西洋……虽然它们也不怎么起眼，不过，发生在那些地方倒不是没可能。但哈蒙特？怎么可能嘛！

记者：但您最后还是不得不相信了。

皮尔曼博士：是的，最后还是相信了。

记者：然后呢？

皮尔曼博士：然后我突然意识到，哈蒙特以及其他五个造访区——很抱歉，确切地说，我们当时总共才知道四个——我注意到，那些造访区都位于同一条十分平滑的曲线上。于是，我便计算出辐射点的坐标，并将论文投给了《自然》杂志。

记者：您那会儿一点也不为您家乡的命运感到担忧吗？

皮尔曼博士：这个嘛，我那时已经相信了造访这件事，但我没法让自己相信那些荒诞不经的新闻报道，比如很多街区被烧毁、只吞食妇女和儿童的怪物，以及面对无敌的外星人，英勇无畏的皇家装甲部队明知败局已定，却依然负隅顽抗，诸如此类的。

记者：我得承认您说得对。我们的一些记者同行在报道的时候确实有些胡诌……不过，咱们还是回到科学问题上吧。关于造访，您还有其他发现吗？皮尔曼辐射点是众多发现中的第一个吗？

皮尔曼博士：这是第一个发现，也是最后一个。

记者：但您应该一直在密切关注国际上对造访区的研究进展吧？

皮尔曼博士：是的，我会定期翻阅《报告》。

记者：您是指《国际外星文化研究所研究报告》吗？

皮尔曼博士：是的。

记者：那么，在您看来，在过去的13年里，最重大的发现是什么？

皮尔曼博士：造访这个事实本身。

记者：什么？

皮尔曼博士：造访一事不仅是过去13年来最重大的发现，而且是人类历史上最重大的发现。那些外星人到底是谁并不重要。他们从何处来、为什么来、为什么这么快就离开了，还有从那以后，他们又去了哪里，这些统统都不重要。重要的是，我们现在已经明确地知道：人类在宇宙中并不孤单。恐怕外星文化研究所再也不可能有比这更重大的发现了。

记者：皮尔曼博士，您的这个观点十分耐人寻味，但实际上，我刚才想问的是科技方面的发现，可以为我们地球上的工程师所利用的发现。毕竟，许多杰出的科学家都认为，我们在造访区里发现的东西能够彻底改变人类历史的进程。

皮尔曼博士：啊，恐怕我不是你所说的那些科学家中的一员。另外，在具体发现的事物方面，我也不是专家。

记者：可是，这两年您一直担任联合国造访问题委员会的顾问啊。

皮尔曼博士：没错。但我并不参与外星文化的研究工作。我和其他担任顾问的同事代表国际科学界的同人，就造访区的国际共管问题提供决策。大体来说，我们的职责是确保不让国际研究所以外的人得到在造访区发现的外星奇迹。

记者：何出此言？难道还有其他人觊觎那些东西吗？

皮尔曼博士：是的。

记者：您是指潜行者吗？

皮尔曼博士：我没听过这个词。

记者：潜行者是哈蒙特居民对那些不顾生命安危潜入造访区、把能找到的所有东西偷运出来的年轻人的称呼。这是一个全新的职业。

皮尔曼博士：哦，我明白了。不是潜行者，他们不在我们了解的职责范围之内。

记者：当然啦！那应该归警察管。我很好奇，你们的职责到底是什么呢，皮尔曼博士？

皮尔曼博士：不断地有造访区的物品流落到一些不可靠的个人和组织手中。我们的工作就是处理这种事情所产生的后果。

记者：博士，您可以稍微详细地说说吗？

皮尔曼博士：难道你不想聊聊艺术方面的话题吗？你

的听众就不想听听我对杰出的戈迪·缪勒的见解吗？

记者：当然想！但最好还是先聊完科学方面的话题。作为一位科学家，难道您不希望亲自研究那些外星宝藏吗？

皮尔曼博士：这个问题很难回答……我想我是有这个念头的。

记者：所以，我们有机会在您故乡的大街上看到您的身影吗？

皮尔曼博士：有可能。

1

雷德里克·舒哈特，23岁，未婚，

国际外星文化研究所哈蒙特分所实验室助理。

那天，我们俩正在贮藏室里，当时天色已晚，没有多少事可做了。脱掉实验服之后，我就可以像往常一样去“甜菜汤”酒吧喝点小酒。我已经忙得两个小时没抽烟了，工作都已做完，烟瘾又发作了。于是，我掏出一根烟，倚在墙上放松片刻。而他还在搬运那些外星珍宝，装满一个保险箱，锁好，封装，然后继续装下一个。他从运输车上取下一个个空盒子，从各个角度仔细检查（顺带一提，这些盒子可真他妈沉，每个都有14磅[1]重），接着，他咕哝一声，小心翼翼地把它们放到架子上。

他已经鼓捣这些空盒子很久了，但我认为，这种工作对于人类毫无益处可言。换作是我，肯定早就辞职，去找一份薪水相同的其

① 英制质量单位，1磅约等于0.45千克。——编者注

他工作了。不过，如果仔细想想，从另一个角度来看，空盒子的确是一种令人迷惑不解，甚至可以说是神秘莫测的东西。我自己就处理过很多次这玩意儿，但每次看到，依然会禁不住惊叹不已。其实，那只是两张茶碟大小、四分之一英寸[①]厚的铜制圆盘，二者大约相距18英寸，中间空无一物。我的意思是：什么都没有，空空如也。你可以把手伸到两张圆盘中间，如果被那东西搞得精神失常的话，甚至还可以把脑袋伸进去。它们之间的空间真的什么都没有，只有“空”。尽管如此，其中一定有某种类似于力场的东西，因为迄今为止，还没有人能把两张圆盘压到一起，或是把它们拉开。

不，朋友们，要是没亲眼见过，跟你们描述起来就很困难。因为它看起来太简单了，尤其是当你终于说服自己你的双眼并没有在要你的时候。上帝啊，描述空盒子就像给别人描述玻璃杯，或者酒杯是什么样：甭管怎么扭动手指都比画不清楚，到最后，你只能极度沮丧地咒骂几句作罢。行吧，我们就假定你已经知道它们的样子了。如果你还不清楚，那就找一份研究所的报告看看，每份报告里都有关于这种空盒子的文章，并附有照片。

不论怎样，基里尔已经在空盒子上耗了快一年了。我从一开始就跟他共事，但我现在依然不明白他鼓捣这些东西是要干什么，当然，坦白讲，我实际上也没怎么费心费力去搞明白。让他自个儿先弄清楚，把问题都解决掉，之后我也许会听他讲讲。但到目前为止，我只明确地知道一点：他决意要把空盒子大卸八块，用酸液将

① 英制长度单位，1英寸约等于2.54厘米。

其溶解，用压力机将其压碎，或是用烤箱将其熔化。然后他就能搞懂它们是怎么回事了，他会被荣誉的光环所笼罩，他的成就会震动整个科学界，令科学同人欣喜万分。但据我所知，从现在的情况来看，他离这个目标还远得很。到目前为止，他依然毫无进展，却已经筋疲力尽，脸色灰白，沉默寡言，眼睛也变得像病狗眼睛，甚至还眼泪汪汪的。要是换成别人，我肯定会把他灌得酩酊大醉，领他到一个妙龄女郎那里放松一下，第二天早晨，再给他灌些酒，随后带他去更多的姑娘那里玩玩，如此反复，到了周末，他就能彻底恢复正常，健康如初，生龙活虎。只可惜，这种疗法对基里尔并不适用，就连提议一下都没必要，他压根儿就不是那种人。

所以，就像我之前说的那样，我们俩在贮藏室里，我望着形容枯槁、眼窝深陷的他，为他感到难过至极。这时，我拿定了主意，但那些话不像是我主动开口，更像是自动从我嘴里蹦出来的一样。

“听着，”我说，“基里尔……”

他正举着最后一个空盒子站在那里，那副姿态像是要爬进去似的。

“听着，”我说，“基里尔，如果你搞到一个装满东西的空盒子会怎么样，嗯？”

“装满东西的空盒子？”他重复道，眉头紧锁，好像听不懂我在说什么。

“是的。”我说，“是你一直惦记的磁流阱，它是几号来着？对，77B号物体。只不过里面有些东西，蓝色的。”

我能看得出来，他有点儿心动了。他抬头眯眼看着我，泪汪汪的眼睛里闪过一丝智慧的微光——他很喜欢如此形容自己。“等等，等等，”他说，“充满东西？一模一样的空盒子，只不过里面充满了东西？”

“没错，正是如此。”

“在哪里？”

我的基里尔彻底恢复了，健康如初，生龙活虎。“咱们去抽根烟吧。”我说。

他立即将空盒子塞进保险箱，砰的一声关上门，把钥匙转了3圈半，将保险箱锁好，然后跟我一起回到实验室。如果是空盒子，欧内斯特愿意付400块钱现钞购买，如果是个装满东西的空盒子，我可以把那浑蛋的钱包榨干。但信不信由你，我压根儿就没动过卖给他的念头。因为在我的诱导下，基里尔又活了过来，浑身上下活力四射，还没等我给他点上烟，他就兴奋得高声欢呼，一步四阶地下了楼。总之，我把该说的都跟他说了：它长什么样，在哪里，以及如何神不知鬼不觉地搞到手。他迅速拿出一张地图，找到我说的车库位置，手指放在上面，同时长久地凝视着我。当然，他立刻就明白我的意思了，不过这倒也没什么难的……

“雷德，你这家伙！”他笑着对我说，“好吧，那就赶快搞定吧。咱们明天一大早就去。我申请一艘悬浮艇和一张9点钟的通行证，10点钟咱们就能出发。怎么样？”

“可以，”我说，“那么另一个人要带谁？”

“我们干吗要带另一个人？”

“没的商量，”我说，“这可不是件轻松的事。要是你发生意外怎么办？那可是造访区啊。必须遵守规定。”

他大笑一声，又耸了耸肩：“你决定就行。毕竟你比我更懂。”

没错！他这么说其实是迎合我：我们才不需要带上第三个人呢，我们要自己去，我们要秘密进行，不引起任何怀疑。但实际上我很清楚，研究所的人决不会结对进入造访区。这里有一条不成文的规定：到里边之后，两个人干活，第三个人监视，出去后，当他们问起其间有没有见不得人的勾当时，他得出面证明。

“要我说啊，我会带奥斯丁去。”基里尔说，“不过你可能不想带他。还是说带他也行？”

“不行，”我说，“除了他，谁都行。你可以下次带他去。”奥斯丁这人并不坏，在他身上勇气和懦弱兼而有之，但我觉得他死定了。这个没法跟基里尔解释，可我很清楚：奥斯丁天真地以为他已经把造访区完全摸透了，所以他很快就会出岔子并断送性命。他可以尽管去造访区，但不能跟我一起。

“行吧，行吧，”基里尔说，“那就叫滕德尔怎么样？”滕德尔是他的实验室第二助理，那人还不赖，遇事沉着冷静。

“他年纪有点大啊，”我说，“而且他有孩子——”

“那没事。他原先去过造访区。”

“好吧，”我说，“那就滕德尔吧。”

聊完后，他仍然待在原地仔细研究地图，而我则飞奔向“甜菜汤”酒吧，因为我饿得肚子咕咕直响，嗓子也干得要命。

第二天，我像往常一样9点到单位，向值班警卫出示我的工作证。那警卫是个身材健壮的中士，去年有一次他喝醉后调戏库塔，我就攥着拳头揍了他一顿。“嘿，”他说，“雷德，他们正在满研究所地找你呢——”

我客气地打断他。“‘雷德’不是给你叫的，”我说，“休想跟我套近乎，你这头瑞典大猩猩。”

“我的天哪，雷德！”他惊愕道，“大家不都这么叫你吗！”

一想到即将进入造访区，我就焦虑起来，酒也彻底醒了。我抓住他的肩带，骂他是狗娘养的，又言辞激烈地问候了他的母亲。他朝地上啐了一口唾沫，把证件还给我，然后便不再寒暄。

“雷德里克·舒哈特，”他正色道，“安全部部长赫尔佐克上尉命你立即去他那里报告。”

“这就对了嘛，”我说，“这么说就好多了。继续努力，中士，你很快就会升为中尉的。”

与此同时，我吓得都要屁滚尿流了。威利·赫尔佐克上尉（绰号“阉猪”）为什么要在工作时间见我？好吧，我这就去报告。他的办公室在三楼，装饰得相当不错，窗户上装有横杠，跟警察局似的。威利正坐在他的办公桌后面，一边叼着烟斗吞云吐雾，一边在打字机上胡乱地敲着。角落里，有个警佐正在金属柜里翻找着什么。我从未见过他，肯定是新来的。在我们研究所里，像他这种警佐的数量比师部里的还要多，全都身材健壮，面色红润。他们不需要进入造访区，对国际事务毫无兴趣。

“您好，”我说，“您要找我？”

威利抬头瞥了一眼，然后将打字机推到一旁，又把一个巨大的文件夹放到面前，开始翻阅起来，好像我不存在一样。“雷德里克·舒哈特？”他问。

“是我。”我回答道，紧张得想要大笑一声以缓解尴尬。

“你在所里工作多久了？”

“两年，马上就三年了。”

“有亲人吗？”

“我无亲无故，”我说，“我是个孤儿。”

他转向那个警佐，厉声命令道：“卢默警佐，去档案室把150号档案拿过来。”警佐对他敬了个礼就出去了。威利砰的一声合上文件夹，语气阴沉地问：“你又干起老本行来了，对不对？”

“什么老本行？”

“你他妈的知道我指的是什么。我们又接到对你的举报了。”

不会吧，我心想。“谁举报的？”

他怒视着我，不耐烦地把烟斗在烟灰缸里敲了敲。“不关你的事，”他说，“作为你的老朋友，我警告你：不要再干那个勾当了，金盆洗手吧。如果他们再逮住你，肯定得把你关上半年不可。之后，他们会把你踢出研究所，休想再回来，明白吗？”

“我明白，”我说，“我明白得很。但我没想明白的是，究竟是哪个狗娘养的告发了我……”

然而，他又把我当空气了。他对我的话未予理会，抽着刚刚被敲空的烟斗，同时自顾自地翻阅起那个大文件夹。这时，卢默警佐拿着150号档案回来了。“谢谢你，舒哈特，”威利·赫尔佐克上尉说，“情况我都了解了。你可以走了。”

于是，我便回到更衣室，换上实验服，点燃一支烟。在此期间，我的脑子里只有一个问题：他们是怎么知道我的秘密的？如果是研究所的人告发的，那么威利就是在唬我，因为这里没人知道我的事，而且永远不可能知道。如果消息是警方透露的……那也不对，除了我的那些前科，警察对我其他的事情应该一无所知吧？也许“秃鹫”被捕了？那个狗杂种，为了让自己脱身，他连出卖亲妈这种事都做得出来。不过现如今，即便是“秃鹫”手里也没有我的任何把柄。我绞尽脑汁地想啊想，还是一无所获，遂决定将此事抛诸脑后。我最近一次在夜里进入造访区是三个月前，赃物基本上都处理了，所得的钱也基本上花光了。他们当时没逮到我，现在更是绝无可能。想抓住我的把柄可没那么容易。

但在我往楼上走的过程中，一个念头忽然涌上心头。我被这个想法惊得目瞪口呆，所以，我返回更衣室，坐下，又点燃一支烟。看来我今天不能进入造访区了。明天不能，后天也不能。看样子，那帮警察又盯上我了。他们没有忘记我，而且就算忘了，也有人“好心”地提醒过他们。那人是谁根本不重要。没有哪个潜行者在明知自己被监视的情况下，还敢靠近造访区，除非他精神彻底失常了。我现在就应该钻进黑暗幽深的角落，缩着头做人。造访区？什么造访区？我已经有好几个月没进去过了，即使有通行证我也不会去！你们骚扰一个老实巴交的实验室助理，到底想干吗？

认真考虑之后，我想到今天不用去造访区，甚至稍稍松了一口气。只不过，我该怎么跟基里尔说呢？

我直截了当地告诉了他：“我不去造访区了。你怎么想？”

果不其然，他先是呆呆地望着我，过了一会儿才终于反应过来。他拉着我的胳膊，把我拽到他的办公室，让我坐在办公桌前，他则坐到旁边的窗台上。我们都点上烟，沉默不语。最后，他小心翼翼地问："雷德，出什么事了吗？"

我现在应该怎么跟他解释呢？"没有，"我说，"没出什么事。是这样的，我昨晚玩扑克输了20块钱。努南那个浑蛋玩扑克的水平真不是吹的。"

"等一下，"他说，"什么？你是说你改变主意了？"

我紧张得都要喘不过气来了。"我去不了了，"我咬着牙说，"不能去了，你明白吗？赫尔佐克刚才叫我去他的办公室了。"

他一下子就蔫儿了，脸上再次现出痛苦的神色，眼睛也像是一条病恹恹的狗的眼睛。他急促喘息，用原来那支香烟的烟头重新点燃一支，然后平静地说："相信我，雷德，我一个字都没跟别人透露过。"

"不用解释，"我说，"我又没说是你告的密。"

"我甚至还没告诉滕德尔呢。我给他申请了一张通行证，但我还没问他要不要去……"

我继续抽着烟，一言不发。天哪，他还是没明白我的意思。

"赫尔佐克到底跟你说什么了？"

"哦，没说什么，"我说，"就是告诉我，有人告我的密。"

他露出古怪的表情，从窗台上跳下来，开始在办公室里来回踱步。而我则坐在椅子上，一声不吭地吐着烟圈。我真心为他感到难过，为了驱散这家伙心中的阴霾，我想到了这么个绝妙的主意，关键时刻却偏偏遇到这种事，真是倒霉透顶。应该怪谁呢？怪我啊，这还用说吗？这就好比我用糖果引诱一个孩子，让他心动不已，但那块糖果却被封存在罐子里，放在高高的架子上，谁都够不着……他停下脚步，凑到我跟前，眼睛则瞅向另一边，有些不自在地问："听着，雷德，一个空盒子值多少钱？我是说装满东西的那种。"

我起初没明白他这句话，我以为他是想从别的地方买一个呢——假如有人运气好，能再找到一个的话。我说的那个装满东西的空盒子，可能是全世界绝无仅有的一个。再说了，他也没有足够的钱。一个俄国科学家怎么可能搞得到那么多钱？紧接着，我感觉像是挨了一耳光：这家伙该不会以为我是在耍花招，从而让他付更多的钱吧？我的天哪，我想到，你这浑蛋把我当成什么人了？我张开嘴，想对他破口大骂，但我还是忍住了。因为说实在的，他还能把我当成什么人呢？潜行者就是潜行者，他们眼里只有钱，为了赚这份钱，他们愿意拿性命做赌注。如此一来，从他的角度来看，我昨天就是抛出钓鱼线，今天则是给他下诱饵，目的就是抬高价格。

我被这些想法气得说不出话来。与此同时，他一直目不转睛地看着我，眼神中只有同情，毫无蔑视的成分。于是，我平心静气地解释起来。"从来没有一个手握通行证的人去过车库。"我说，"他们甚至还没把路铺到那边呢，这你是知道的。所以，当咱们回来后，你的滕德尔一定会跟别人吹牛，说我们是如何直奔车库，拿走需要的东西，然后立即返回的。这样的话，显得我们好像只去了车库似的。这么说简直太明显了。就像是在告诉他们，我们早就知道去里面拿什么。这就意味着，有人在造访区里给我们领路。在咱们仨中间，那个领路人是谁呢？答案用脚趾头都能想得出来。这下你明白这对我来说意味着什么了吧？”

这段简短的演说结束后，我们俩沉默无言地四目相对。过了一会儿，他突然拍拍手，又搓搓手掌，然后兴高采烈地宣布道：“嗯，没关系，你说不去就不去吧。我理解你，雷德，所以我不会指责你。我自己去。运气好的话，我也能搞定。我以前又不是没干过。”

他在窗台上摊开地图，用双手撑着身体，弓着腰伏在上面，刚才那股兴奋劲儿已经荡然无存。我听见他喃喃自语道：“390英尺[①]……甚至可能有400英尺……车库里还有点距离。不，我不会带滕德尔去的。你觉得呢，雷德，我是不是不该带滕德尔？毕竟他还有俩孩子呢……”

“他们不会让你一个人进去的。”我说。

“别担心，他们会的。”他继续咕哝道，“所有把守的警佐以及中尉，我都认识。我不喜欢那些卡车！露天放了13年，看上去还跟全新的一样……可是离它们只有20步远的油槽车却已经锈迹斑斑。而那些卡车就像刚从装配线上下来似的。哦，造访区简直太诡异了！”

他从地图上抬起头望向窗外。我也跟着向外望去。啊，在那扇厚厚的含铅玻璃外面，就是我们的造访区。它就在那里，几乎触手可及，从13楼向外看去，那里显得如此之小，仿佛玩具一般……

如果飞快地瞥一眼，里面的一切看上去都很正常。阳光是本来

① 英制长度单位，1英尺约等于0.3米。

就应该有的样子，那里似乎什么都没有变过，一切都好像跟13年前一模一样。如果我父亲还在世的话，要是让他看一看造访区，他也不会发现任何异常，可能只会感到疑惑：为什么那些工厂没有冒烟呢？是因为在罢工吗？地上堆着一堆堆圆锥形的黄铜矿，阳光下的高炉闪闪发亮。铁轨、铁轨，数不清的铁轨纵横交错，在铁轨上停着一辆铁路机车……简而言之，那里就是一座典型的工业区。只不过里面荒无人烟：既没有活人，也没有死人。啊对，里面还有车库，那是一条长长的灰色通道，大门敞开着。那些卡车就停在车库旁的停车场里。13年来，它们一直待在那儿，丝毫没有变化。基里尔关于那些卡车的话说得没错，这说明他的脑瓜子还很灵光。如果你想从那些车辆中间穿过，千万别，你必须从旁边绕过去……因为那儿的路面上有一道很大的裂缝，假如它还没长满荆棘的话。400英尺，他是怎么算的？哦！肯定是从上次那个标记开始算的。没错，从那里开始算的话，不可能超过400英尺。这帮书呆子终究还是有所长进的……你瞧，他们已经把路铺到废石堆那边了，而且那条路的方位也很讨巧！看那儿，"鼻涕虫"就是在那条沟渠里翘辫子的，距离那条路仅有6英尺。"指节"之前还常常嘱咐"鼻涕虫"："你这白痴离那些沟渠远一点，否则你会灰飞烟灭的！"这句话果真应验了：他的尸身已经踪影全无。造访区就是如此险恶：如果你能带着偷来的物品出来，那就是奇迹；如果你能活着出来，那就是胜利；如果你只是屁股上挨了巡逻队一枪，那是你运气好；其他结局，那就是你的宿命。

我看了基里尔一眼，发现他正在用眼角的余光偷瞄我。他脸上的表情让我的想法再次180度大转弯。去他妈的，我想，让他们都见鬼吧，就算我去了，那些可恶的家伙能把我怎么样？

他本来不需要再说什么，但他还是开口说了。“实验室助理舒哈特，”他说，“我得到的官方消息——我特意强调‘官方’二字——表明，检查那个车库可能对全球科学界大有裨益。我建议我们去检查一下。保证给你奖金。”话毕，他咧开嘴笑了。

“什么官方消息？”我问，也像个傻子一样咧嘴笑起来。

“来源保密，”他回答说，“但我得到了许可，可以透露给你。”他停顿片刻，笑嘻嘻地挤眉弄眼，“消息来源就当是……道格拉斯博士吧。”

“啊，”我说，“原来是道格拉斯博士说的。是哪个道格拉斯博士啊？”

“萨姆·道格拉斯，”他冷淡且不失幽默地说，“他去年去世了。”

我吓得毛骨悚然。老天啊！谁会在出发之前说这种晦气话？这些书呆子一点常识都没有……我把烟头在烟灰缸里摁灭：“好吧。你的滕德尔在哪儿？我们得等他多长时间？”

这个话题到此结束了。基里尔给交管处致电预约一艘悬浮艇，与此同时，我看了一眼那张地图。地图还挺不错，是用高度放大的航拍照片做成的，就连躺在车库大门旁的轮胎上的纹路都看得一清二楚。如果我们潜行者都能有这种地图该多好……但我还得强调一遍，最好在晚上行动，而那时只有满天繁星，周围伸手不见五指，就算有地图也没什么用。

这时，滕德尔来了。他涨红了脸，气喘吁吁。他女儿生病了，不得不去一趟医生那里，对迟到深表歉意。随后，我们便送给他一份厚礼：邀他一同去造访区。有那么一会儿，这个可怜的家伙几乎忘记了喘气。

“你们说去造访区是什么意思？”他说，“为什么选我？”不过，听说有双倍奖金，而且雷德·舒哈特也会去，他才平静下来并恢复了呼吸。

之后，我们下楼来到“闺房”，基里尔跑出去取来通行证。我们把通行证出示给另一个警佐看，他给我们一人一套特制服装。这种服装特别好用，它们原本是红色，只要染成其他随便什么颜色，任何一个潜行者都愿意花500大洋买一套，连眼睛都不带眨的。我早就暗暗发誓要想办法从研究所里顺走一套。乍一看，它好像没什么特别之处，像是搭配了头盔和大幅面罩的潜水服。或许不能说它十分像潜水服，事实上更像是航天服。它很轻，穿着很舒适，不会太紧，人在里面也不会热得流汗。你可以穿着它在火里穿行，什么气体也钻不进去。据说它还防弹呢。当然了，火、毒气和子弹都是地球特有的祸害，造访区里没有这些东西，但你在里面得担心别的事。反正不管怎样，说实在的，即便身穿特制服装，到了造访区里，人们照样会成批地死。但另一方面，如果不穿，情况可能会更糟。比如说，面对“燃烧之绒”“撒旦之花”及其花粉，这种服装能够完全确保你的安全……差不多就是这样。

我们穿上特制服装。我从包里掏出一些螺母和螺栓放进屁股兜，然后，我们步履沉重地穿过研究所的院子，朝造访区入口走去。在研究所里，大家都故意这么做，这样别人才能看到：瞧见没，他们甘愿将自己置于人类、知识以及圣灵的祭坛上，真是一群把生命献祭给科学的英雄啊，阿门。随后，人们会毫无疑问地同情之，他们从1楼到15楼的所有窗户中向外伸出杯子，以示敬意。要是再挥舞手帕，同时有一支管弦乐队营造氛围，那么与英雄告别的基本条件就具备了。

“大兵，”我告诉滕德尔，“挺胸收腹抬头！人类对你这趟行程心怀感恩，永远不会忘记你！”

他瞟了我一眼，看样子，他没有心情开玩笑。他是对的，这事可不是闹着玩的。然而，在进入造访区之前，只有两种反应：要么号啕大哭，要么开开玩笑。而我绝对不会痛哭流涕。我看了看基里尔。他表现得还算镇定，只有嘴唇在无声地嚅动，好像是在祈祷。

“你在祈祷？”我说，“祈祷吧，祈祷吧！越深入造访区，离天堂就越近。”

“什么？”他问。

“继续祈祷吧！”我大喊，“潜行者都是些插队进入天堂大门的人！”

他突然微微一笑，拍了拍我的背，像是在说：放心，有我在，不会出什么岔子的，就算出了岔子也没事，反正咱们顶多也就死一回而已。天哪，这家伙还挺逗。

我们将通行证出示给最后一名守卫，只不过跟之前不一样，这里站岗的不是警佐，恰好是一名中尉。我认识他，他父亲在雷克波利斯贩卖墓地围栏。悬浮艇已经在候着了。那是交管处的人亲自开过来并停在检查站的。其他人都已经各就各位：急救队、消防员、英勇的护卫队、无畏的救援队，还有一帮坐着直升机的脑满肠肥的懒鬼。真希望我从来没有看见过他们！

我们登上悬浮艇。基里尔驾驶，他询问似的看着我。“好了，雷德，”他说，“请指示吧。”

我把特制服装的拉链缓缓地拉低到胸膛位置，掏出一个酒瓶，喝了一大口，然后拧上瓶盖，塞进怀里。每次进造访区，我必须带酒。天知道我进来过多少次了，但若是没有酒，打死我都不进来。他们二人都在看着我，等我发号施令。

“是这样的，”我说，“我不会做任何保证，因为这是咱们仨第一次一块儿进去，我不知道里面的东西会对你们造成什么影响。进去之后，不管我说什么，你们都要无条件地立即执行。要是有人犹豫不决或问这问那，我会随手拿起身边的东西揍他。所以我在此提前跟你们道歉。比方说，我命令你，滕德尔先生，倒立行走。那么滕德尔先生，你就得撅起大屁股，双手着地，照我说的做，否则，你可能再也见不到你生病的女儿了。明白没？但我会竭尽所能确保你还能见到她。”

“只要别忘记对我下命令就行，雷德。”滕德尔哑着嗓子说，他咂摸着嘴，满脸通红，浑身大汗淋漓，“别说用手了，用牙齿走路都行。我又不是新手。”

“你俩对我来说都是新手。”我说，“别担心，我不会忘记给你下命令的。哦，保险起见，你们会驾驶悬浮艇吗？”

“他会开，”基里尔说，“他技术高超。”

“好极了，”我说，“那就出发吧。把面罩放下来！沿着那条做了标记的路低速飞行，高度9英尺！驶到第27个标记的时候停下。”

基里尔把悬浮艇拉升到9英尺的高度，调到低速挡。为了吉利，我谨慎地转过头，朝左后方吹了一口气。向后回望，我看到护卫队和救援队正在往直升机上爬，消防员站得笔直，门口的蠢货中尉正在对我们敬礼。在他们头顶上方，有一条巨大的、已经褪色的横幅，上书：**尊敬的外星人，欢迎造访地球！**滕德尔刚要朝他们挥手作别，我就在他的肋骨上狠狠地戳了一下，让他立刻收手。*我会教你怎么告别的，你这个死胖子蠢货！*

我们出发了。

右边是研究所，左边是疫区，我们在道路中央飞过一个又一个标记。天啊，已经很久没有人在这条路上步行或开车了。路面上裂纹纵横，裂纹里长满了杂草，不过，那些杂草起码依然是人类世界的。左边的人行道上开始出现黑色的荆棘，由此可以看出，造访区的界限是多么明显：沿途的黑色灌木丛看起来像是被人为修剪过一样。那些外星人一定是体面家伙。他们离开时的确留下了一些烂摊子，但至少把烂摊子控制在了明确界限内。就连“燃烧之绒”都没飘到我们人类这边，虽然按理来说，风可以把它们吹向四面八方。

疫区里的房屋均已墙皮脱落，显得毫无生气，不过窗户倒是基本上完好无损，只不过全都脏兮兮的，所以就变得不透明了。现如今，如果在夜里从这里经过，你能看到屋子里微光闪闪，就像是酒精燃烧时的蓝色火焰。那其实是地下室里的“地狱黏液”放出的辐射。不过，这里看起来基本上就是个普普通通的街区，矗立着普普通通的房屋，除了周围渺无人烟，毫无特别之处。顺带一提，我们数学老师原来就住在那边那栋砖房里，大家都叫他“逗号”。他当年十分讨人厌，还是废物一个，造访发生之前，他的第二任妻子就离开了他。他的女儿有一只眼睛得了白内障，记得我们经常取笑她，把她弄哭。在最初的恐慌期间，他跟他的邻居们一样，浑身上下只穿着裤衩，一口气跑了4英里[①]，一直跑到大桥那边。此后，他患上了严重的疫病，皮肤剥落，指甲掉光。附近几乎所有居民都得了那种疫病。死了些人，但大部分是老人，当然也不是说所有老人都死了。包括我在内的一些人认为他们实际上死于极度恐慌，而非疫病。

疫病导致那边三条街区的居民全部失明。这正是为什么人们把那儿分别称为“第一失明区”“第二失明区”……他们并非完全失明，而是有点儿像夜盲症。奇怪的是，虽然据说当时有明亮的闪光，但他们说致盲的原因并不是强光，而是一阵巨大的噪声。他们说，雷鸣般的巨响令他们立刻就失明了。医生告诉他们：这是不可能的，你们肯定记错了！“没记错，”他们坚持道，“一声雷鸣般的巨响之后，大家就失明了。”哦，对了，除了他们，其他人根本就没听见什么巨响……

的确，这里看起来就跟什么都没有发生过一样。那边那座玻璃小亭完好无损。再瞧瞧大门口那辆婴儿车，就连铺在里面的亚麻布

① 英制长度单位，1英里约等于1.6千米。——编者注

都很干净。只有电视天线暴露了造访的痕迹：它们长满了纤细的绒毛。那帮书呆子科学家一直以来都很想得到那些天线，因为他们想搞明白那些绒毛究竟是什么，你知道吧，其他地方没有那玩意儿，只在疫区里有，而且只长在天线上。最重要的是：它们就在那些窗玻璃下面，仿佛触手可得。去年，他们想到一个办法：从直升机上放下一根锚杆，让它钩起一团绒毛。可是，当他们向上拉时，突然听到刺啦一声！他们低头一瞧，发现天线和锚杆正在冒烟，甚至连吊着锚杆的线缆也冒起烟来，而且不只是冒烟，还发出瘆人的咝咝声，像是一条响尾蛇。那个飞行员——他当时已经是中尉了——迅速判断情势，丢下线缆，立即逃离了。往那边瞧，他们的线缆还挂在那里呢，几乎垂到了地上，上面长满了绒毛……

我们缓慢地飞到街道尽头的拐弯处。基里尔看着我，像是在问：我该转弯吗？我向他挥手示意：挂最低挡拐弯。悬浮艇用最低一挡拐了个弯，低速飞过人类世界最后几英尺的距离。人行道越来越近，悬浮艇的影子在荆棘上缓缓移动……到造访区了！一股寒意顿时顺着我的后背淌了下去。每次一进造访区我都会有这种感觉，但我不知道这究竟意味着造访区在欢迎我，还是我作为潜行者的敏感神经在作祟。我每次都想回去后问问其他潜行者是否也有过同样的感觉，但每次都会忘。

话说回来，我们正从那些废弃的花园上方慢慢飞过。脚下的发动机发出有规律的嗡嗡声，显得很镇定，它才不管什么造访区，这里没什么东西能伤害它。但滕德尔却崩溃了。我们还没到第一个标记处呢，他就开始叽里咕噜地胡说起来，你知道吧，就跟其他新手进入造访区的反应一样：牙齿打战，心跳加速，神志不清，尽管那副样子很难堪，但他却无法控制住自己。我觉得这对他们来说就跟拉肚子似的，那些话从嘴里喷涌而出，根本就收不住。而且，他们嘟囔的话也很怪！有人会对这里的景色赞不绝口，有人会对外星人一事高谈阔论，还有人甚至会说些与造访完全不相干的事。滕德尔就属于最后一种：他喋喋不休地说着自己的新衣服，比如花多少钱买的，毛料质量多么好，裁缝是如何给他换扣子的……

“闭嘴。”我说。

他幽怨地看了我一眼，咂咂嘴唇，便继续说了下去，这下说的是他需要用什么丝绸来做里衬；与此同时，我们飞越花园，来到了一片黏土荒地上方，这里曾经是小镇的垃圾场。这时，我注意到吹来一阵微风。刚才还没有风呢，但突然间就刮起了微风，地上的尘土打着旋儿。我想我听到了什么。

“闭嘴，浑蛋。”我对滕德尔说。

屁用没有，他根本控制不住。他现在已经说到家具的马毛填料了。好吧，这是你逼我的。

“停下悬浮艇。”我对基里尔说。

他立刻停下了。反应敏捷，真棒。我抓住滕德尔的肩膀，让他转向我，然后狠狠地捶了一下他的面罩。这个可怜家伙的鼻子猛地撞到玻璃上。他闭上眼睛，消停了。他一安静下来，我就听到噼啪—噼啪—噼啪……噼啪—噼啪—噼啪……的声音。基里尔看了我一眼，他龇着牙咬紧下巴。我抬手示意：别动，看在上帝的分上，千万别动。但他也听到了噼啪声，跟所有新手一样，他有一种想要立刻做点什么的冲动。

“回去吗？”他低声说。

我拼命摇头，在他的面罩前挥挥拳头，让他别捣乱。唉！带新手进来，你永远都不知道应该盯着造访区，还是盯着他们……我被他们搞得脑子里一片空白。那边有一个有些年头的垃圾堆，在五颜六色的破布和碎玻璃上面飘着一个东西，它颤动不休，就像中午时分铁皮屋顶上颤动的空气一样。它从垃圾堆上方飘过，没有停下，到达一个标记物旁边，横穿我们的道路，在路面上徘徊了半秒钟——也可能只是我的幻觉？——然后溜进空地里，越过灌木丛和腐烂的篱笆，朝那座废弃汽车存放场飘去。

那帮该死的书呆子科学家，瞧瞧他们干的好事：竟然把路铺到垃圾场里来了！我要是一个人来，反应肯定更机敏。我之前还特别想要他们那张破烂地图呢，当时脑子是不是进水了？

“低速前进。”我对基里尔说。

“那是什么东西？”

“天晓得！它朝这边来，接着就走了，谢天谢地。还有，拜托你别再说话了。从现在起，你不再是个人类，明白没？从现在起，你就是机器，是我的方向盘和操控杆……”

这时，我意识到自己也叽叽歪歪起来。

“行了，”我说，“一个字都不许说了。”

该死，我真想喝上一口！我多么希望掏出酒瓶，拧开瓶盖，慢慢地、不慌不忙含住瓶口，然后仰头，让酒精直接灌进嘴里……用舌头搅动着品味一番，咽下，接着再喝一大口……我跟你讲，这种特制服装简直是坨狗屎。以前不穿特制服装的时候，我都安全出入造访区不知多少年了，而且还打算继续这么干下去。可是，在当前的情况下却不能喝酒，太折磨人了！啊，到此为止吧，我不唠叨了。

风似乎停了，可疑的动静也消失了，传入耳中的只有发动机平稳沉闷的嗡嗡声。此时，艳阳高照，热气腾腾……一层薄雾罩在车库上方。一切看起来都很正常。我们掠过一个又一个标记物。滕德尔安静下来，基里尔也是。这两个新手都学乖了。别害怕，伙计们，即便已经进入造访区，你照样能呼吸，只要你还记得如何呼吸。啊，到达第27个标记物了，那是一根金属杆，上面写着红色的数字“27”。基里尔看着我，我冲他点点头。他停下悬浮艇。

最轻松的阶段结束了。现在，最重要的是保持十足的镇静。我们一点也不着急。没有风，空气能见度很好。那边就是让“鼻涕虫”挂掉的沟渠。你能从中辨认出有个彩色的东西，可能是他的衣服。虽然他已经安息了，但我还是要说，他这人挺差劲的，既贪婪又愚蠢，还邋里邋遢。只有这种人才跟“秃鹫”混在一起。“秃鹫”伯布里奇在1英里之外就能嗅到他们的味道，并将魔爪伸向他们。不过，说句公道话，造访区压根儿不在乎谁是好人、谁是坏人，而且到头来，我们还得感谢“鼻涕虫”你呢：你生前是个白痴，没人记得你的真名，但你确实用行动告诉我们这些更聪明的人哪条路不能走……关于他，就先说这么多。最好的办法当然是到人行道上去。因为人行道很平坦，可以将上面的一切看得清清楚楚，而且我对路面上那道裂缝很熟悉。只不过，我不喜欢那些垃圾堆。如果我们直奔人行道而去，必须在垃圾堆中间穿过。它们矗立在那里，奸笑着等待我们自投罗网。不，我绝不会在你们俩中间穿过。这是潜行者要遵守的第二条戒律：在你左侧或右侧100步的范围内不能有任何东西。我们可以从左边那个垃圾堆上飞过去……可我不知道它后面有什么。根据地图所示，那儿什么都没有。但你敢相信地图吗？

“听着，雷德，”基里尔低声说，“咱们直接跳过去怎么样？先上升50英尺，然后直直降落，这样我们就能到达车库了。你觉得呢？”

“你给我闭嘴，”我说，“这会儿别烦我。”

他说要上升。但是，万一在那个高度有东西抓住我们怎么办？到时候，别人甚至连我们仨的尸骸都找不到。不过，这附近可能有“捕虫阱”，如果被那玩意儿捉住，别说尸骸了，估计我们都会尸骨无存。像他这种冒险家最招我烦了：他不喜欢等，你知道吧，所以就想直接跳过去……不管怎么说，到垃圾堆的路一清二楚，我们可以到那边之后再考虑接下来的路该怎么走。我从兜里掏出一把螺母和螺栓，摊开在掌心里，给基里尔看，然后说道：“还记得韩塞尔与葛雷特①的故事吗？你在学校里读过吧？嗯，我们要反着来。瞧我的！”

话毕，我抛出第一颗螺母。我故意没使劲儿，它只飞出一小段距离，落在了25英尺外的地上。它的飞行轨迹没有异常。

---

① 出自格林童话。韩塞尔与葛雷特听到继母与父亲商量将他们遗弃到森林里，于是，他们事先收集了白石子，一颗一颗地丢在走过的路上，这样他们就能沿着石子找到回家的路。

“你看到了吗？”我问。

“怎么了？”他说。

“别跟我说‘怎么了’。我问你话呢，你看到了吗？”

“嗯，我看到了。”

“现在，驾驶悬浮艇往那颗螺母的方向慢慢开，在离它还有6英尺的地方停下。明白吗？”

“明白。你是在找重力遽升点吗？”

“我找什么不是你该操心的。等一下，我还想再抛一颗。看好它落在哪里，别跟丢了。”

我又抛出一颗螺母。这颗的轨迹也没有异常，正好落在刚才那颗的前面。

“走吧。”我说。

他启动悬浮艇。他的表情彻底平静下来，看得出来，他已经想明白了。这些书呆子全都这样：对他们来说，最重要的事就是给某个事物起名字。想出名字之前，他看上去显得很迷茫，你会对他感到十分同情。但是，一旦他想到一个名词来给那个现象贴上标签，比如“重力遽升点”，他就会觉得自己已经把它搞懂了，并立刻振作起来。

我们飞过第1颗螺母，接着是第2颗、第3颗。滕德尔一直在叹气，不断地换脚，同时紧张地打着哈欠，而且还略带哭腔。可怜的家伙，他正在备受煎熬。没关系，或许这对他也有好处。他今天肯定能瘦10磅，这可比节食的效果好……我抛出第4颗螺母。它的轨迹不太正常。我没法解释，但我直觉上就是这么觉得。有什么地方不太对劲。我立刻抓住基里尔的手。

“停，”我说，“丝毫别动。”

我拿起第5颗螺母，比前几次抛得更高更远。就在那里，捕虫阱！螺母上升和下落的前半段还挺正常，可落到一半的时候，它看起来像是被人往一侧拽了一下，而且力度很大，使它直直地落到泥土里不见了。

“见过吗？”我小声说。

“只在电影里看到过，”他说着向前使劲探身，差点儿从悬浮艇上摔下去，“再抛一颗吧？”

老天啊，还要抛！说得好像再抛一颗就能研究明白似的。天哪，这帮科学家可真是的！但我还是又抛出8颗螺母，总算弄清楚捕虫阱的形状了。坦白讲，我只用7颗就能搞定，最后一颗是特意为他抛的，正中捕虫阱的中心，好让他仔细欣赏他所谓的重力遽升点的威力。第8颗螺母砸进泥土里便消失不见，只在地上留下一个小洞。见状，他愉快地咕噜一声。

“好了，”我说，“刚才玩得挺尽兴，但到此为止吧。往这儿看。我再抛一颗给你指路，眼睛别跟丢了。”

于是，我们从捕虫阱旁边绕过去，爬升到垃圾堆上。这个垃圾堆特别小，我之前根本没注意过它。好吧……嗯，我们悬浮在小垃圾堆上方，人行道只有一箭之遥，离这里最多20步远。一切都能看得清清楚楚，你能辨认出每一片草叶和地上的每一道小裂缝。从这里过去应该会很顺利。只须再抛一颗螺母，跟过去就行了。

但我不能再抛了。

我不明白自己怎么了，但我就是无法让自己将螺母抛出去。

“怎么了？”基里尔问，“我们为什么停在这里？”

“等一下，”我说，“看在老天的分上，别说话。”

可以了，我想道，现在应该能抛了，这并不难，我们从它旁边飞过去，连一片草叶都不会碰到。这样的话，只需半分钟即可抵达人行道……但突然间，我汗如雨下！汗水甚至钻进我的眼睛里了。我立刻意识到，不能朝那个方向抛。当然了，要是往左边抛，你愿意抛多少颗都没问题。可那条路线要更长，那边的石头看起来也很怪异，但我不得不往那边走。因为我无法朝正前方抛螺母。所以，我朝左侧抛出一颗。基里尔什么都没说，他迅速左转，驾驶悬浮艇向那颗螺母飞去，然后看了我一眼。我的脸色一定很差，因为他立刻将目光移开了。

“没关系，”我说，“咱们不能总是直道而行。”话毕，我往人行道上抛出最后一颗螺母。

到这里就变得简单多了。我在人行道上发现了那道熟悉的裂缝，它看起来还是那样，并未长满野草，而且颜色也没变。只是看着它，我就很开心。这道裂缝比任何标记物都管用，沿着它行驶即可到达车库大门。

我命令基里尔降到5英尺的高度。随后，我趴在悬浮艇上凝望那道敞开的大门。起初，除了一片漆黑，我什么都看不见。但双眼很快就适应了，我看到了那个似乎没有一丝变化的车库。那辆自卸卡车停在维修站里，跟原来一模一样，外形完好，没有任何锈洞和锈斑，而且地面上围绕着它的东西看起来也没什么变化。很可能是因为维修站里的地狱黏液不是很多，而且自从我上次去过那里之后，里面的地狱黏液也没有溅射出来。我只担心一件事：在车库后面靠近那些罐子的地方，有一个银色的东西在闪闪烁烁。那里以前并没有那个东西。好吧，让它闪去吧。我们总不能因为这个就吓得返回！它甚至没什么不同寻常之处，就是一个小光点，很柔和，像是快要熄灭了似的……我直起身，掸掉身上的尘土，然后环顾四周。啊，看见停在停车场里的那些卡车了，确实跟新的一样，甚至比我上次来的时候还要新。与之截然不同的是，那辆可怜的油槽车已经由内到外彻底生锈，都快要散架了。大门旁边的地上还躺着一个轮胎，你在他们的地图上也能看到它……

我不喜欢那个轮胎的样子。它的影子有点不对劲。太阳在我们后方，可它的影子却朝向我们这边。哦，没事，它离我们还远着呢。总之，一切都很顺利，我们能应付得了。但话说回来，那个闪闪发光的东西是什么呢？还是说我开始出现幻觉了？现在要做的是点上一支烟，安静地坐下，仔细琢磨琢磨：罐子上方的那个银色的东西究竟是什么？它为什么在罐子上方，而不是旁边呢？那个轮胎的影子为什么会是这样？“秃鹫”伯布里奇跟我们说过影子的事，听他那意思，影子虽然很怪，但人畜无害……这里的影子确实十分古怪。不过，那个银色的东西又是怎么回事呢？它看起来就像一张蜘蛛网。哪种蜘蛛会把网结在那儿呢？迄今为止，我从未在造访区里看到过一只虫子。最糟糕的是，我想拿的空盒子就在附近，离那些罐子仅有两步远。上次来的时候真该把它顺道拿走，这样一来，我就没什么可担心的了。但是那该死的玩意儿是装满东西的空盒子，所以它非常沉。我当时本可以设法将它举起来。可是一想到还要扛在背上，在深更半夜四肢着地向前爬行，我就放弃了……你不信？你若是从未搬运过空盒子，就放手试一试：跟在没有水桶的情况下提20磅的水一样困难。好了，我现在该不该进去？我觉得可以。要是能先喝一口酒就更好了……

我转头对滕德尔说："基里尔和我现在要去车库。你待在悬浮艇上。未经我的允许，不许碰控制器，不管发生什么，哪怕下方的地面着火也不行。你胆敢逃跑，我下辈子也不会放过你。"

他郑重地对我点点头，像是在说：别担心，我不会逃跑的。他的鼻子跟李子一样青紫，看来他刚才挨的那一下还挺狠。我小心翼翼地放下应急绳，又看了一眼那个银色的东西，然后朝基里尔挥挥手，便开始往下爬。下去之后，我站在人行道上等他从另一条绳索上爬下来。"慢慢来，"我说，"别着急。别扬起尘土。"

我们站在路面上，悬浮艇在身旁摇摇晃晃，两条绳子在脚下扭来扭去。滕德尔从扶手上探出头，眼神绝望地看着我们。我们得进去了。我对基里尔说："跟在我后面，和我相隔两步远。眼睛要一直盯着我的后背。保持警惕。"

我出发了。走到大门口，我停下来，举目四望。妈的，白天来这儿行动确实比夜里容易得多！犹记得我以前躺在这个大门口，周围一片漆黑，维修站里的地狱黏液喷吐着一道道蓝色的火舌，像是燃烧的酒精。而且，最令我沮丧的是，那些该死的火舌不仅不发光，反而使车库里看起来更黑暗了。现在嘛，我行动起来简直轻而易举。我的眼睛已经适应了这里的昏暗，一切都是那么清楚，就连最黑暗角落里的灰尘都能看清。车库里果然有东西在闪闪发光，那是一种银色的细线，从罐子上延伸到地面上，看起来确实很像蜘蛛网，实际上可能真的是蜘蛛网。即便如此，最好也离它远点儿。

这时，我却搞砸了一步。我本来应该让基里尔跟我肩并肩走，等他的眼睛适应了黑暗之后，再把这张蜘蛛网指给他看。但我已经习惯了单兵作战，我的眼睛早就适应了这里的光线，却忽视了基里尔的适应能力。

我进入车库，径直走向那些罐子。我在空盒子旁边蹲下——它上面没有蜘蛛网。我抓住空盒子的一端。

“来吧，抓稳了，”我说，“别脱手。它很沉。”

我抬头看了他一眼，瞬间把心提到了嗓子眼，一个字都说不出来。我想大喊停，*别动*！却喊不出来。而且，估计无论如何也来不及了，发生得太快了：基里尔跨到空盒子的另一边，转身，背部整个地蹭到了银丝。我唯一能做的事就是闭上双眼。我浑身乏力，除了蜘蛛网撕裂的声音，其余什么都听不见。它就像普通蜘蛛网那样发出微弱的噼啪声，只不过声音还要更响一些。我蹲在那里，双眼紧闭，手脚发麻。这时，基里尔说：“好了，咱们要不要把它抬起来？”

“抬吧。”我说。

我们抬起空盒子，侧身朝出口走去。这破玩意儿可真沉啊，俩人抬着都费劲。我们来到外面的阳光下，在悬浮艇旁边停下脚步。滕德尔已经把双手伸了出来。

“往上抬，”基里尔说，“一，二……”

“不行，”我说，“等等。先放下。”

我们把盒子放在地上。

“转身。”我说。

他一声不吭地照办了。我看了看他的背部，什么都没有。我又让他转来转去地检查了一遍，还是什么都没有。然后，我转过头，又看了看那些罐子。那边也是什么都没有。

“听着，”我对基里尔说，同时仍然盯着那些罐子，“你刚才看见蜘蛛网了吗？”

“什么蜘蛛网？在哪儿？”

“那没事了，”我说，“看来上帝对你是仁慈的。”但与此同时，我心想，这一点还有待观察。“好了，”我说，“抓稳了。”

我们将空盒子抬进悬浮艇，放平，以免它打滚儿。它躺在那里，一尘不染，崭新如初，铜制圆盘在阳光下闪闪发亮，填充在里面的蓝色物质仿佛云雾一般，在两张圆盘间缓慢地打着旋，看起来可真美啊。近距离观看，它显然不是空的，而更像是某种容器，像是一个装有蓝色糖水的玻璃罐。我们欣赏了一会儿，然后爬进悬浮艇，二话不说便回去了。

这些科学家要拿到空盒子可真容易啊！第一，他们是在白天工作。第二，唯一的困难是进入造访区。回程的时候，悬浮艇能自动驾驶。我猜它具备这种功能，靠路径记忆器的指引，即可带我们沿原路返回。我们打道回府，悬浮艇重复来时的每一个动作，一会儿停下，在空中悬浮片刻，接着继续行进。我们路过了之前丢下的每一颗螺母，如果我想的话，甚至可以把它们再捡起来。

不消说，这两个新手的精神立刻为之一振。他们四处张望，先前的恐惧已经烟消云散，现在只有满心的好奇，以及一切顺利结束后的喜悦之情。他们喋喋不休起来。滕德尔挥舞双臂，扬言吃完晚饭就马上回造访区，铺一条通往车库的路。基里尔拉着我的袖子，开始跟我解释他所谓的重力遽升点，也就是捕虫阱。嗯，我最终还是让他们闭嘴了。我用平静的语气跟他们解释，以前有太多笨蛋在返回的路上因为松了一口气而马虎大意，导致自己翘辫子了。所以闭上你们的臭嘴，我对他们说，睁大眼睛，不然你们也会步“矮子”林登的后尘。这话还真管用。他们甚至都不敢问我“矮子”林登是怎么死的。这下清净多了。在造访区里，哪怕你已经在熟悉的路线上走过100遍，也可能会在第101遍挂掉。我们静静地飘浮前行，我心里只想着一件事：到底该怎么把酒瓶盖拧下来？我一直在幻想自己喝下第一口酒的样子，但那张蜘蛛网却时不时地在我的脑海中浮现出来。

简言之，我们离开了造访区，他们把我们连人带悬浮艇一并送入了“去虱棚”，或者按那些科学家的说法叫消毒棚。他们先是用三种滚烫的液体和三种碱性溶液清洗我们的身体，然后往我们身上涂了不知道什么东西，撒上一种粉末，又清洗了一遍，最后把我们弄干，说道：“走吧，伙计们，你们可以走了！”出去之后，滕德尔和基里尔拖着空盒子向前走。人们蜂拥而至，把道路挤得水泄不通，情形跟往常如出一辙：每个人都目不转睛地瞪着我们，大声打着招呼，却没有一个人敢对我们这三个疲惫不堪的人伸出援手。哦，算了，那不关我的事。再也没有任何事值得我在意了……

我脱下特制服装，扔到地板上——那些狗腿子警佐会捡起来的——然后走进澡堂，因为我从头到脚都湿透了。我把自己锁在小淋浴间里，掏出酒瓶，拧开瓶盖，像水蛭一样嘬着瓶口。我坐在长凳上，像喝水似的大口灌下烈酒，心里却空荡荡的，大脑一片空白，灵魂也被抽空了。我从造访区里活着出来了。是造访区放我出来的。这该死的老妖婆，我生命力的源泉，不忠的臭婊子。我还活着。新手们不会理解这一点。除了潜行者，没人能理解。我泪如雨下，可能是酒精的作用，也可能是别的原因。我将瓶中的酒一饮而尽。我浑身湿透，酒瓶却干了。像往常一样，我还需要再喝一口。哦，已经喝光了啊。回头再说吧。现在，什么需求都能得到满足。活着真好。我点燃一支香烟，坐在那里。我能感觉到精气神儿回来了。我忽然想起奖金的事。在研究所里，每回从造访区回来都会得到一笔奖金。我可以马上亲自去拿那个装了钱的信封，或者，没准儿他们会给我直接送到澡堂里来。

我缓缓脱下衣服，摘掉手表，看了看时间。我的天哪，我们在造访区里竟然待了5个多小时！5个小时啊。我不寒而栗。没错，朋友们，造访区里根本没有时间的概念。可是，说真的，5个小时对潜行者来说意味着什么呢？屁都不算。待12小时呢？要不就待整整两天？如果一个晚上没能离开造访区，那么，第二天白天你就得把脸埋在土里静静等待，你甚至连祷告都办不到，只能神经错乱地胡言乱语，不确定自己是死是活。第二天晚上，你从造访区里出来，试图带着赃物离开边界线，但那里有端着机关枪巡逻的警卫。那帮讨厌鬼对你恨之入骨，他们没兴趣逮捕你，因为那些狗杂种害怕受到你的感染，所以他们只想开枪把你打死……而且他们优势占尽：不信你就继续往前走，看看他们会不会以非法闯入的罪名射杀你。于是，你只得再次把脸埋在土里，一直祈祷到天明，然后再到黄昏。在此期间，赃物就躺在你身边。你根本就不知道它究竟是安分地躺在地上，还是正在慢慢地杀死你。也许你会落得和“指节”艾萨克一样的下场：他在黎明时分迷路了，被困在一块开阔区域，最后被堵在两条沟渠之间，既不能向左也不能向右。警卫朝他开了两小时的枪，一枪都没打中。在那两个小时里，他一直装死。谢天谢地，他们终于打累了，以为已经将他打死，所以就走开了。后来我还见过他，差点儿没认出来。他被警卫开枪吓得魂飞魄散，只剩下一具空壳。

我擦干眼泪，把水龙头打开，洗了很长时间，先热水，后冷水，最后再来一遍热水。我用掉了一整块香皂，把自己都快洗吐了。刚把水龙头关上，就听见有人敲门。基里尔高兴地大喊道：“嘿，潜行者，快出来！金钱的味道可真浓烈啊！”

不论何时，收到钱总是个好消息。我打开门，看到基里尔只穿着一条短裤站在门口，他神采奕奕，脸上的愁云已彻底散去。他递给我一个信封。

“拿着，”他说，“这是感激不尽的人类对你聊表的谢意。”

“去他妈的感激的人类！里边有多少钱？”

“为了表彰你在危险境遇中表现出的非凡勇气，这次破例奖励你两个月的薪水！”

啊，这钱可真不少。如果我每带回一个空盒子，他们都能付我两个月的薪水，那么我早就可以叫欧内斯特滚蛋了。

“怎么样，开心吗？”基里尔问。他笑容满面，嘴都快咧到耳根子上了。

“还行吧，”我说，“你呢？”

他没吱声，而是搂住我的脖子，将我的脑袋按在他汗涔涔的胸脯上，给了我一个拥抱，接着又把我推开，钻进了隔壁的小淋浴间。

“嘿！”我冲他喊道，“滕德尔呢？我敢打赌，他正在洗内裤。”

“不对！滕德尔被一群记者围着呢。你真该去看看，他那副派头跟个重要人物似的。他正在给记者做通达的陈述……”

“什么的陈述？”我问。

“通达的陈述。”

“行吧，先生。”我说，“下次跟你聊天我还是带本词典吧，先生。”突然，我像是遭到电击一般。“等一下，基里尔，”我说，“出来。”

“可我已经脱光了。”他说。

“出来。我又不是姑娘！”

听到这里，他出来了。我抓住他的肩膀，让他转身背对着我。不，那是我的幻觉。他的背上干干净净，除了几道汗液干涸的痕迹，别的什么都没有。

“你老是看我的背干吗？”他问。

我在他光着的屁股上踢了一脚，钻进我的淋浴间，然后锁上门。妈的，我是不是太神经过敏了，怎么一直有幻觉呢？先是在造访区里，然后是这儿。都见鬼去吧！我今晚要喝得酩酊大醉。我一定要赢理查德，必须赢！那浑蛋的牌技确实不错……不管手里有什么牌，你都没法赢他。我试过出老千，甚至在桌子底下祈求上帝保佑，全都不顶用。

“基里尔！”我大吼道，“你今天要去‘甜菜汤’吗？”

“跟你说过多少遍了，那叫‘罗宋汤’，不叫‘甜菜汤’。”

“得了吧！招牌上写的就是‘甜菜汤’。休想把你的叫法强加给我们。你到底去不去？我想赢理查德一次。”

“我还不确定，雷德。你这个头脑简单的家伙，你对我们今天带回来的东西根本一无所知……”

“难道你懂？”

“坦白讲，我也不懂。这是实话。但我们至少已经知道这些空盒子是用来干吗的了，假如想出如何解释它……我就写篇论文，并以个人名义献给你：‘献给尊敬的潜行者雷德里克·舒哈特，向他致以崇高的敬意和感激之情。’”

“然后让他们把我抓起来关上两年？”我说。

“但你会被科学界载入史册。空盒子将永远被称作‘舒哈特瓶’。听起来还不错吧？”

在我们胡诌的当口，我穿好了衣服。我把空酒瓶塞进衣兜，又数了数钱，然后就出去了。“祝你洗个痛快，你这个头脑复杂的家伙。”

他没有回应。只能听见哗啦哗啦的水流声。

来到走廊，我看到了滕德尔先生，他满脸通红，神态如孔雀般趾高气昂。一大群人——里边有同事、记者，甚至还有几个警佐（他们刚吃完饭，正在剔牙呢）——正把他围在中间，而他还在喋喋不休地说："实际上，我们掌握的技术已经能够确保我们安全地进去探险并顺利返回……"这时，他注意到了我，便立刻住嘴了。他微微一笑，试探性地挥了挥手。妈的，我心想，我得赶紧闪人。于是，我迈开步子，但已经太迟了。我听到身后传来脚步声。

"舒哈特先生！舒哈特先生！关于车库的事，请您说两句吧！"

"无可奉告。"我回道。我本想飞奔起来，却根本逃不掉：一个举着话筒的家伙堵在我右侧，另一个举着相机的家伙堵在左侧。

"您在车库里看到什么不寻常的东西了吗？拜托您，简单说两句就行！"

"我无可奉告。"我重复道，尽量让后脑勺对着相机，"那就是个车库而已。"

"谢谢。您觉得涡轮平台怎么样？"

"好极了。"我说着朝厕所方向走去。

"请问您认为造访的目的是什么？"

"这个得去问科学家。"我回道，然后溜进了厕所里。

我听见他们抓挠厕所门的声音，于是大喊道："我强烈建议你们去问问滕德尔先生，他的鼻子为什么看起来像熟透的李子。他太谦虚了，都不好意思提这事儿，但那才是我们这趟冒险中最激动人心的部分。"

哈，他们立即向走廊蜂拥奔去！我发誓，简直跟一群野马一样。我等了一会儿，待外面安静下来，才把脑袋探出去。没人了。于是，我便吹着口哨离开了。我来到大厅，把证件出示给那个健硕的警佐。他居然对我敬了个礼。看来我今天真成英雄了。

“稍息，警佐，”我说，“很高兴见到你。”

他冲我咧嘴一笑，好像得到了无上的赞扬似的。“这一票干得漂亮，雷德。”他说，“认识你是我的荣幸。”

“看来，”我说，“等你回瑞典的时候可以跟姑娘们显摆了。”

“那是当然！”他说，“她们都得围着我转！”

其实这家伙人还不错。老实说，我不太喜欢这种高大威猛型的男人，但女孩子们却为之发狂，这是为什么呢？不可能只是身高的缘故……我在街上一边走，一边琢磨个中原因。今天阳光明媚，周围却没有人影。忽然间，我特别想见库塔一面。倒没特别的原因，只是想握住她的手，凝望着她。从造访区里出来之后，你唯一能腾出空来做的就是这个：握着某人的手。尤其是当你想起那些潜行者后代的事情，想起他们最后变成的样子……不，我压根儿就不该去想库塔。最起码，我得先痛快地喝上一瓶烈酒。

穿过停车场就能看到检查站。只见两辆巡逻车正盛气凌人地停在那里，宽敞的黄色车身上架设着探照灯和机关枪。一大帮警察把道路给封锁了，这毫不意外。我低头前行，以免看到他们的脸。最好别让我在大白天看见他们，其中有几个家伙千万别被我认出来，否则我定会大闹一场。我发誓，基里尔说服我来研究所工作算他们走运，要不然，我绝对会找出那几个浑蛋，把他们全部干掉。

我在人群中向前挤，眼看就要挤到头了，突然有人喊道：“嘿，潜行者！”不管他，就当跟我没关系，于是我继续前行，同时从兜里掏出一支烟。有人追上来，拉住我的衣袖。我把他的手甩开，半转过身子，对他礼貌地问道：“先生，你他妈抓我袖子干吗？”

“等一下，潜行者，”他说，“我有两个问题想问你。”

我抬头一瞧，原来是我的老朋友科特布莱德上尉。他瘦得皮包骨头，脸色变得蜡黄。“你好啊，上尉，”我说，“你的肝脏还好吧？”

“休想转移话题，潜行者。”他生气地瞪着我说，“你最好解释一下，我刚才叫你的时候你为什么不立刻停下来？”

两个握着枪的警察迅速在他身后露出头来。我看不见他们的眼睛，只能看到他们的下巴在头盔下面翕动。他们到底从哪儿找来的这么一帮家伙？他们是把这些人送到哈蒙特批量繁殖的吗？白天我一般不怕警卫，但那些讨厌鬼可以搜我的身，这对现在的我可没什么好处。

“我不知道你在叫我，上尉。”我说，“你喊的是‘潜行者’。”

“哦，你再也不当潜行者了吗？”

“拜你所赐，我已经服过刑了，出来以后就不干了。”我说，“我金盆洗手了。上尉，是你帮我弃暗投明的，谢谢你。如果不是你——”

“你到外来人员禁区干吗？”

“你什么意思？我在这儿工作啊，都已经两年了。”

为了结束这场不愉快的谈话，我拿出证件递给他。科特布莱德上尉接过去仔细检查，每个印章都要闻一下，就差用舌头舔了。检查完毕，他把证件还给我，看上去很满意，眼睛顿时一亮，就连脸颊都恢复红润了。

“真抱歉，舒哈特，”他说，“没想到你能来这儿上班。这说明我之前给你的忠告你都听进去了。真是太棒了。信不信由你，我一直就觉得你会有出息的。我只是无法想象，像你这样的人竟然……”

他滔滔不绝地唠叨起来。行吧，我心想，就当我又摊上一个忧郁症患者吧。当然，我摆出一副听话状：尴尬地往下看，一边点头，一边笨拙地挥挥手，甚至装作腼腆地用脚尖踢人行道。上尉身后那俩呆瓜听了一会儿就不耐烦了（我敢打赌就是这样），便扎到其他人堆里，去听更有意思的话题了。与此同时，上尉还在喋喋不休地谈论着我的前程，例如知识是光、无知是黑暗啦，上帝总是会重视和奖励诚实的劳动者啦，等等之类的。反正就跟我被关在监狱里的时候，那个神父每周日都会对我们重复轰炸的无聊废话没什么区别。我需要喝一杯，真等不及了。再忍一下，我心想，雷德，坚持就是胜利。耐心，雷德，耐心点！他说不了太久，他已经上气不接下气了……没多久，一辆巡逻车冲我们发了个信号，我终于松了一口气。科特布莱德上尉回过头去，恼怒地咕哝一声，然后向我伸出手。

“好吧，”他说，“很高兴见到你，诚实的舒哈特先生。我真想为你的改邪归正跟你喝一杯。可惜医生吩咐过我不能喝烈性酒，不过喝啤酒没问题。唉，你也看到了，我还有公务在身！那就先这样，咱们后会有期。”

但愿永不再见，我心想。但我还是握着他的手，继续装作害羞地用脚尖踢人行道——他希望我变成这样，我就装成这样。最后，他终于走了，我便直奔“甜菜汤”而去。

在这个时间，“甜菜汤”通常没什么顾客。我进去时，欧内斯特正站在吧台后面擦玻璃酒杯，并举到灯光下检视。顺带一提：不管你什么时间走进酒吧，总能看到酒保们正在擦酒杯，好像他们能靠这个获得灵魂救赎似的，想想还挺让人惊奇的。他一整天都会站在那里，随手拿起一个杯子，眯眼瞧一瞧，举到灯光下，哈一口气，然后开始擦拭。擦一会儿之后，他会再检视一下，这次是从杯底往上看，然后继续擦拭……

“嘿，欧内斯特！”我说，“把杯子放下吧，不然你会把它擦破的！”

他透过杯子看着我，含糊地嘀咕了一句，然后一声不吭地给我倒了一杯伏特加。我爬上吧凳，抿了一口，辣得龇牙咧嘴，摇摇头，接着又抿了一口。电冰箱嗡嗡作响，自动点唱机正在播放轻柔的曲子，欧内斯特拿起另一个杯子，往里边哈气。此时此刻，我感到分外安恬。我喝完酒，把杯子放在吧台上。欧内斯特立即给我续上一杯。“感觉好点儿没？”他咕哝道，“是不是暖和点儿了，潜行者？”

“继续擦你的杯子吧，”我说，“你知道吗，原先有个家伙擦着擦着，最后把恶灵给召唤出来了。从那以后，他就过上了美好的生活。”

“那人是谁？”欧内斯特将信将疑地问。

“他以前也是这儿的酒保，”我回道，“在你之前。”

“那么，到底发生了什么呢？”

“哦，没什么。你以为造访为什么会发生？就是他一个劲儿地擦酒杯召唤来的。不然你以为造访者能是谁，嗯？”

“你可真能瞎扯。”欧内斯特赞许地说。

他去厨房端出一盘炸香肠，把盘子摆在我跟前，又把番茄酱递给我，然后继续擦杯子。欧内斯特很懂行，一眼就能判断出潜行者是不是刚从造访区里出来，是不是搞到了赃物，而且，他很清楚造访者需要什么。欧尼①是我们的赞助人，这家伙还不赖。

吃完香肠后，我点上一支烟，试着估算欧内斯特在我们身上赚了多少钱。我不知道那些赃物在欧洲的确切价格，但我听说一个空盒子能卖到将近2500块钱，而欧尼只付给我们400块。造访区的电池至少能卖100块钱，但我们能拿20块钱就算走运了。其他东西可能也是这么回事。当然了，把赃物运到欧洲肯定要花一大笔钱。在这个过程中，很多人都得打点打点，就连火车站站长都能从中捞点儿油水。总之，要是仔细一想，最后能进欧尼腰包的也不算很多，顶多也就15%到20%吧。而且，如果他被抓，肯定得被判罚10年苦役。

这时，一个彬彬有礼的家伙打断了我专注的沉思。我甚至没听

---

① 欧内斯特的昵称。——编者注

见他进来的声音。他突然出现在我的右肘边，问：“我可以坐在这里吗？”

“当然可以！”我说，“请坐吧。”

他身材瘦小，鼻子尖尖，戴着蝴蝶领结。这人很面熟，以前应该在什么地方见过，但我记不起在哪儿了。他爬到旁边的吧凳上，对欧尼说：“来杯波本威士忌，谢谢！”然后，他立刻转向我：“不好意思，我们以前是不是见过？你在国际研究所工作，对吧？”

“是的，”我说，“你是哪位？”

他迅速从兜里掏出一张名片递到我面前。上面写着“阿洛伊修斯·麦克诺特，移民中介”。啊，对，我想起来了。他总是缠着这儿的居民，劝他们离开这座小镇。背后一定有人想让全镇的人搬离哈蒙特。已经有一半的居民搬走了，但这还不够，他们势必要让我们全部离开。我用一根手指推开名片，然后对他说：“不用了，谢谢。我不感兴趣。我的梦想是在我的家乡生活一辈子。”

“为什么呢？”他急切地问，“我无意冒犯，可到底是什么原因让你想一直待在这里呢？”

没门儿，我才不会把真实原因告诉他呢。“瞧你这话问的！”我说，“这里有我美好的童年记忆，我在公园里的初吻，还有我父母。我第一次喝醉就是在这个酒吧。小镇的警察局，就跟我的家一样。”我从口袋里掏出一块用了很久的手帕，捂住眼睛。“不，”我说，“我坚决不离开！”

他哈哈大笑，轻轻抿了一口酒，然后若有所思地说：“真搞不懂你们这些人。在哈蒙特生活如此艰难。这个镇子处于军事管制下，伙食一般，而且离造访区又那么近，就跟住在火山口上似的。再说了，传染病随时都可能爆发，没准儿还有更糟糕的事情。我能理解老人，毕竟他们已经习惯了这个地方，所以不想离开。可我不理解像你这样的人……你今年多大了？最多也就二十二三岁……你要知道，我们是非营利机构，没人付钱让我们做这件事。我们只是希望能帮人们离开这个鬼地方，重新过上正常生活。听着，我们甚至会负担搬迁费用，而且在你搬完家之后帮你找工作……对于像你这样的年轻人，我们还会支付教育费用。唉，我真搞不懂你们是怎么想的！"

"什么？"我说，"没人愿意离开吗？"

"倒也不是完全没有。有些人的确答应了，尤其是有家有室的。但年轻人和老人除外。这地方，你们到底看上它什么了？这个鬼地方只不过是一座偏僻小镇……"

我实在听不下去了。"阿洛伊修斯·麦克诺特先生！"我说，"你说得一点儿没错。我们的小镇就是个鬼地方。以前是，以后也是。但现在不是。"我说，"现在，这里是一条通往未来的通道。我们从这鬼地方捞出的东西，将会彻底改变你们那个糟糕透顶的世界。生活将会发生天翻地覆的变化，变成它本来的样子，到时候，人们将再无贪欲。我们这个鬼地方就有这个功效。先进的知识从这个鬼地方喷涌而出，一旦弄明白那些知识是怎么回事，我们会让所有人变得富有，人类将飞向群星，想去哪里就去哪里。这就是这个鬼地方的价值……"

说到这里，我的声音越来越轻，因为我发现欧内斯特正惊讶地瞪着我，这让我很不好意思。一般来说，我不愿意引述别人的话，即便我喜欢那个人也不行，特别是那些话从我嘴里说出来常常显得有些滑稽。当基里尔说的时候，你总是会忍不住听下去，甚至会全神贯注得忘记合上嘴巴。而我现在说着同样的话，却总感觉哪里似乎不太对劲。也许是因为基里尔从未一不小心说漏嘴，险些泄露欧内斯特非法贩卖赃物的秘密吧。呃，我真嘴欠……

欧尼迅速走过来，急忙给我倒了满满一杯，像是在暗示我：别再说了，老兄，你今天是不是哪里不正常？与此同时，尖鼻子的麦克诺特先生又抿了一口波本威士忌，然后说："是的，当然了。从这里淘出了永续电池、蓝色万灵药……但你真的认为前景会像你说的那么乐观吗？"

"我怎么想，跟你无关。"我说，"我刚才是为小镇鸣不平。现在，纯属个人之见，我想问：你们欧洲有什么好的？永远都那么无聊。你们白天上班，晚上看电视，然后跟臭婊子上床，再生出一些小流氓。还有罢工、示威游行、没完没了的钩心斗角……让欧洲见鬼去吧！"

"事实上，没必要非得去欧洲啊。"

"哦，"我说，"全世界都一样。南极洲又太冷。"

你知道令我吃惊的是什么吗？在跟他说这些的时候，连我自己都深信不疑。此时此刻在我心中，我们的造访区——那个女魔头、刽子手——比欧洲和非洲还要亲切一百倍。而且我还没喝醉呢，我只是想象了一下欧洲的生活：跟一群同样要养家糊口的人机械地上班，结束一天的工作后，拖着疲惫的身子回家，在地铁上被挤得左摇右晃，这样的日子让人筋疲力尽，很快就会对生活厌倦。

“你是什么原因呢？”他问欧尼。

“我是个生意人，”欧尼威严地回答说，“不是什么小流氓！我把钱投进了这桩生意里。司令官有时都会过来喝两杯，他可是位将军。这可不是一笔小钱。你说我干吗要离开呢？”

阿洛伊修斯·麦克诺特先生开始跟他说钱的事了，不过我不想再听了。我喝下一大口酒，从兜里掏出一些零钱，爬下吧凳，走到自动点唱机那儿点一首歌。里面有一首《没有准备好就不要回来》。对于刚从造访区回来的我来说，这首歌能极大地舒缓心情……选好歌后，点唱机尖厉地唱了起来，我便拿起酒杯走到角落去跟老虎机较劲。不知不觉，时间就过去了。

我刚输掉最后一枚硬币，古塔林和理查德·努南就咣当一声冲进来了。古塔林已经酩酊大醉，他翻着白眼，像是要砸场子似的。理查德·努南则轻轻地抓着他的胳膊，试图用笑话来分散他的注意力。他俩可真登对！古塔林身材魁梧，一头卷发，皮肤就跟军官的皮靴一样黑黝黝的，胳膊长得能垂到膝盖。而迪克①身材矮小，浑身滚圆，皮肤红润柔软，而且还红光满面。

“嘿！”迪克一看到我就喊道，“雷德也在！过来，雷德！”

“没错！”古塔林吼道，“镇子上总共就俩人，雷德和我！其他人都是猪猡，是撒旦之子。雷德！你也侍奉撒旦，但你依然是人类。”

---

① 理查德的昵称。

我端着酒杯走过去。古塔林拉着我的外套，让我在他们的桌边坐下，然后说：“坐，雷德！坐下，撒旦之子！我爱你。让我们为人类的罪孽而哭泣，绝望地大哭一场吧！”

“让我们痛哭吧，”我说，“吞下这罪孽的泪水。”

“因为这一天即将来临，”古塔林宣布道，“因为白马已经套上马鞍，骑士已经将一只脚踩上马镫。[①]撒旦崇拜者的祈祷纯属徒劳。唯有那些宣布与之决裂的人才能得救。汝等之人，乃受撒旦所引诱，所以才玩弄他的玩具，贪恋他的珍宝。我告诉你：汝等被他蒙蔽了双眼！醒醒吧，愚蠢之人，以免为时太晚！不要再摆弄魔鬼的花哨玩意儿！”他忽然停下，像是忘记了接下来要说什么。“我能喝一杯吗？”他用一种截然不同的声音问，“我现在在哪里？你知道吗，雷德，我又被解雇了。他们说我煽动人心。我当时跟他们说：‘醒醒，你们被蒙蔽了双眼，即将跌落深渊，同时还会把其他被蒙蔽双眼的人一并拉下去。’他们听完哈哈大笑。于是我打了老板一拳就走了。现在他们竟然要逮捕我。凭什么？”

迪克回来了，将一瓶酒放在桌上。

“今天我付钱！”我对欧尼喊道。

迪克斜眼看着我。

“钱的来路光明正大，”我说，“花的是我的奖金。”

“你去造访区了？”迪克问，“带什么东西出来了吗？”

“一个装满东西的空盒子，”我说，“为了让人类登上科学的

① 出自《圣经·新约-启示录》中的末日四骑士典故。白马骑士的出现，代表天启即将开始。

圣坛。当然还为了得到满满的乐趣。这酒你倒还是不倒？”

“空盒子！”古塔林伤心地低声说，“你冒着生命危险，就为了一个空盒子！虽然你还活着，但你却把撒旦的另一样物件带到了这个世界上。你根本不知道，雷德，这意味着多少罪孽和不幸——”

“闭嘴吧，古塔林，”我严厉地说，“吃你的、喝你的，还有，高兴点儿，因为我活着出来了。为成功返回干杯！”

这杯酒把我们的情绪都浇上来了。古塔林彻底沮丧下去，他一边抽泣，一边泪如泉涌。这没什么，我以前见过他这般模样。这是他宣讲的一个阶段：流着泪劝诫别人，造访区是撒旦放置在那里引诱我们的，千万别把里边的东西拿出来，否则就放回去，然后照常生活，仿佛造访区从未存在过，把撒旦的东西留给撒旦。我喜欢古塔林。我就喜欢怪人。不缺钱的时候，甭管谁有赃物，他都会买下来，从不讨价还价。然后，他会在夜里偷偷溜进造访区，把东西埋好……天啊，他开始号啕大哭了！没事儿，他会高兴起来的。

“装满东西的空盒子是什么？”迪克问，“空盒子我倒有所耳闻，但装满东西是怎么回事？以前从来没听说过。”

我给他解释一番。他点点头，咂了一下嘴。“嗯，”他说，“挺有意思。是个新玩意儿。你跟谁一起去的？俄国人吗？”

“是啊，”我回道，“我跟基里尔和滕德尔一块儿去的。你知道吧，都是我们的实验室助理。”

“他们一定让你忙得不可开交吧？”

“完全没有。他们表现得都挺不错。尤其是基里尔，他天生就是当潜行者的料。”我说，“如果他能多积累些经验，再耐心一些，我愿意每天跟他去一趟造访区。”

“包括每天晚上吗？”他醉醺醺地笑着说。

“别胡说，”我说，“少开玩笑。”

“我明白，”他说，“不开玩笑了，不然我脸上可能会挨上一拳。比如你说不准哪天就会揍我几拳什么的……”

“谁要挨揍了？”古塔林一下子来了精神，“你俩之中哪一位？”

我们抓住古塔林的胳膊，勉强把他拽回座位上。迪克往他嘴里塞了一支烟，又给他点上，总算让他平静下来。其间，不断有人进来。吧台那儿已经没位置了，大部分桌子也被占了。欧内斯特把女儿们叫过来帮忙。她们跑来跑去地给客人们拿酒，不是啤酒就是鸡尾酒或伏特加。我注意到镇子上最近来了很多新面孔，是些年轻的小混混，披着五颜六色的围巾，长得都拖到地板上了。我跟迪克说起此事，他点了点头。

“这很正常，”他说，“他们要大量建造新建筑。研究所想建三栋新大楼，还要建一堵墙，从墓地一直延伸到旧农场，把造访区给隔开。潜行者的好日子快到头了。”

“说得好像潜行者有过好日子似的。”我说。同时，我心想，他们在搞什么鬼？那就意味着我再也不能赚外快了。哦，行吧，这可能是最好的结果，因为如此一来，诱惑就会少很多。到时候，我就像个老实人那样白天去造访区，赚的钱不如以前多，毫无疑问，但这样也会安全得多。毕竟白天可以乘坐悬浮艇、穿着特制服装进去，还有别的保护措施，而且我再也不用担心巡逻队找麻烦了。我可以靠工资过活，喝酒的钱用奖金就行。

但我还是很不爽。等隔离墙建成以后，我又得紧巴巴地过日子了：这个买得起，那个买不起，而且还得省钱给库塔买礼物……不能再泡吧了，只能看些廉价电影……将来的日子一片灰暗，没有起色，从早到晚都是一片灰暗，天天如此。

我琢磨这件事的时候，迪克一直在我耳边叽里哇啦地说个不停："昨天深夜，我去旅馆酒吧喝一杯，在那里看到了一些新面孔。我从一开始就不喜欢他们。其中一个人走过来跟我攀谈，他告诉我，他知道我，他知道我是谁，也知道我是做什么的，并且暗示说他愿意花大价钱购买某种服务……"

"是个线人。"我说。我对此不太感兴趣。我见过这种人，他们跟我提过很多次购买服务的事。

"不对，我的朋友，不是线人。听我说。我跟他聊了一会儿，当然，我口风很紧，装傻充愣呗。他对造访区内的某些物品很感兴趣，而且那些物品可不是小打小闹的玩意儿。像电池、尖啸器和黑色火花之类的，他统统瞧不上。他只暗示了他真正想要的东西。"

"那他真正想要的是什么？"我问。

"如果我没理解错的话，他想要地狱黏液。"迪克说着神色怪异地看了我一眼。

"啊，原来他想要地狱黏液！"我说，"他是不是还想要死亡之灯啊？"

"我问过他。"

“他怎么说？”

“信不信由你，他真想要。”

“是吗？”我说，“让他自己去拿就好啦。小菜一碟嘛！那边的地下室里全是地狱黏液，他可以提个桶去，随便舀。那就是他的葬身之地。”

迪克一语不发，眯起眼睛看着我，脸上一点儿微笑都没有。见鬼，他是不是想雇我啊？我忽然灵光一闪。

“等等，”我说，“那人是谁啊？就连研究所都不能研究地狱黏液呢。”

“没错，”迪克不慌不忙地说，同时继续看着我，“研究那个可能会给人类带来危险。现在你知道他是谁了吧？”

我上哪儿知道去。“外星人？”我说。

他突然放声大笑，拍了拍我的胳膊：“你这个头脑简单的家伙。咱们干吗不喝一杯呢？”

“当然得喝啦。”虽然很恼火，但我还是附和了一下。他妈的，以后谁都不能再叫我“头脑简单的家伙”，这帮狗杂种！“嘿，古塔林！”我说，“醒醒，一块儿喝一杯啊。”

没反应。古塔林睡着了。他黑黢黢的脸趴在黑色的桌面上，双臂耷拉到地板上，睡得正酣呢。于是，迪克和我便单独喝了一杯。

“我想好了，”我说，“甭管我头脑简单还是复杂，反正我要举报那个家伙。我对警察毫无爱意，但我照样会亲自过去举报他。”

“好啊，”迪克说，“到时警察肯定会问你：你为什么要举报他呢？他是拿着钱主动去找你的吗？嗯？”

我摇摇头：“那不重要。你这个死肥仔，你来镇子上已经三年了，却从未踏足造访区一步，只在电影里看过地狱黏液。如果你亲眼见到，瞧见它能把人折磨成什么样，你准会吓得当场拉裤子。那东西太可怕了，我的朋友，绝对不该带出造访区……你以为潜行者都是粗人，只在乎钱，钱越多越好。但是，即便是已故的‘鼻涕虫’也会断然拒绝这种要求。‘秃鹫’伯布里奇也是。我甚至不敢想象，究竟是谁想要地狱黏液，以及用它来做什么。”

“这个嘛，”迪克说，“你们能这么做，真让人钦佩。但是你看，我不想在某天早晨被人发现死在床上，旁边还放着一封自杀遗书。我虽然不是潜行者，但我是个粗人，也挺务实，而且恰好很喜欢活着。我已经活了一段时间了，已经习惯活着了……”

这时，欧内斯特突然从吧台后面大喊：“努南先生！你的电话！”

“该死！”迪克恶狠狠地说，“可能又是理赔部的人。他们总是能找到我。我去去就回，雷德。”

他起身去接电话。现在只剩下我、古塔林和那瓶酒了。鉴于古塔林帮不上忙，我只好举杯独酌。该死的造访区，根本没法摆脱。不管你去哪儿，不管跟谁谈天，话题总是离不开造访区、造访区、造访区……基里尔争辩说，造访区将有助于实现世界和平，让人类永远幸福快乐，他能这么想可真好。基里尔是个很棒的家伙，没人会说他傻。事实上，他相当聪明，但他对世事一无所知。他根本想象不到，造访区周围聚集了一帮社会渣滓。比如这次，竟然有人想要地狱黏液。不，古塔林也许是个酒鬼和宗教狂热分子，但有时候仔细一想，你会觉得：或许我们真该把撒旦的东西留给撒旦吧？别碰那些狗屁玩意儿……

一个披着彩色围巾的小混混坐到迪克的座位上。“您是舒哈特先生吗？”他问。

“有什么事？”我说。

“我叫克瑞翁，”他说，“来自马耳他。”

“嗯，”我说，“马耳他一切还好吧？”

“还不错，但那不是我来这儿的原因。欧内斯特把您介绍给了我。”

原来如此，我心想。欧内斯特终究还是个浑蛋。他没有同情心，一点儿也没有。你瞧瞧这个小伙，深色皮肤，天真无邪，长相俊秀，估计还不到长胡子的年纪，也从未吻过姑娘。但欧内斯特才不管呢。他只想把我们都赶进造访区，哪怕每三趟中只有一趟能带赃物出来，他照样能赚到钱。“这样啊，老欧内斯特怎么样？”我问道。

他转头看了一眼吧台，然后说：“据我所知，他挺好。我愿意跟他交易。”

“可我不愿意。”我说，“想喝一杯吗？”

“谢谢，但我不喝酒。”

“抽烟吗？”

“抱歉，我也不抽烟。”

“他妈的！”我说，“那你要钱有什么用？”

他顿时脸红了，收敛起笑容，而后轻声说：“或许这个应该由我自己操心，您说对吧，舒哈特先生？”

“这个无可争辩。”我说着给自己倒了一杯。此刻，我的脑袋嗡嗡直响，四肢舒服地放松下来，这意味着造访区对我的影响彻底消失了。“我现在喝醉了，”我说，“正在庆祝，你应该看得出来。刚刚去过造访区，活着回来了，赚了点儿钱。能活着出来的情况不多见，赚到的钱还少得可怜。所以，这个严肃话题还是缓一缓再讨论吧。”

他猛然起身，说他很抱歉，随后便走了。这时，我看到迪克回来了。他站在座位旁，从他的脸色判断，应该是发生了什么事。

“怎么了，”我问，“你的容器又漏气了？”

“是啊，”他说，“又漏气了。”

他坐下，给自己倒了一杯，又给我满上。看来不是理赔部的事。说实话，他一点儿也不在乎这种事——真是个努力工作之人啊。

“一起喝一杯吧，雷德。”他说。不等我举杯，他就一口喝光，接着又倒了一杯。“你知道吗，”他说，“基里尔·帕诺夫死了。”

我已神志不清，所以没明白他什么意思。不就是有人死了嘛，没什么大不了的。“好吧，”我说，“让我们为逝者干杯……”

他睁大眼睛瞪着我，直到这时，我才感觉五脏六腑犹如刀绞一般。我站起身，双手撑在桌上，低头看着他。

“基里尔！”银色蜘蛛网浮现在眼前，我再次听到它撕裂的噼啪声。透过这种可怕的声音，我听到迪克还在说话，像是从另一个房间传来的。

“是心脏病发作，他们在澡堂里发现他的，赤身裸体。谁也搞不懂怎么回事。他们问起过你，我说你健康得很。”

“有什么可搞懂的？”我说，“全是造访区在作祟……”

“坐下，”迪克说，“坐下喝一杯。”

“都怪造访区……”我不停地重复着，“都怪造访区……造访区……”

除了银色蜘蛛网，我现在什么都看不见。整个酒吧里结满了网，顾客四处走动，一碰到网丝就发出轻微的噼啪声。在蜘蛛网的中央是那个马耳他男孩，他稚气未脱的脸上写满惊讶——他还不谙世事呢。

“孩子，”我柔声对他说，“你需要多少钱？1000块够不够？拿着，拿着！”我把钱塞给他，然后大喊，“去找欧内斯特，告诉他，他是个浑蛋、狗杂种，别怕，去跟他说！他只不过是个懦夫……告诉他，然后直奔火车站，买张车票回马耳他。别在任何地方逗留！”

我不记得当时还喊了什么话，随后就稀里糊涂地来到吧台前。欧内斯特往我跟前递了杯酒，问：“你今天拿到钱了？”

“没错，我有钱了。”我说。

“能把你之前赊的账还清吗？我明天得去缴税。”

我这才发现手里正拿着一沓现金。我看着钱，喃喃道：“哦，看来那个从马耳他来的克瑞翁没要啊……估计是自尊心太强了。好吧，其余的事都交给命运安排吧。”

“你今天怎么了？”欧尼老伙计问，“是不是喝多了？”

“没有，”我说，“我好着呢。做什么事都不在话下。”

“你该回家了，”欧尼说，“你喝得太多了。”

“基里尔死了。”我对他说。

“哪个基里尔？邋里邋遢的那个？”

“你才邋里邋遢呢，王八蛋。”我对他说，“1000个你也比不上一个基里尔。你这个浑蛋。”我说，“你就是个卑劣的骗子。你做的是人命买卖，你这蠢货。你用钱收买了我们的命。信不信我把你这地方掀个底朝天？”

我刚挥起拳头，就有人立即过来抓住我，把我拖走了。我的大脑一片空白，什么都不愿去想。我大喊大叫，拳打脚踢。酒醒之后，我发现自己正坐在厕所里，浑身湿透，满脸是血，一照镜子都认不出自己了。我的脸抽搐了一下，这种情况以前从未发生过。酒吧间里一阵嘈杂，有盘子摔碎的声音，也有女孩们的尖叫声。我还听到古塔林像一头愤怒的北极熊般咆哮道：“闪开，王八蛋！雷德在哪儿？你们这些撒旦之子把雷德怎么样了？”随后传来了警笛的尖啸声。

我一听到这个声音就立刻清醒了。所有的事我都想起来了，我不仅了解，而且理解了那些事。我的灵魂已被抽空，只剩下充满敌意的暴怒。好啊，我心想，我要狠狠报复你，你这个卑鄙的骗子，我要让你见识见识潜行者的厉害。我从口袋里掏出一个崭新的、尚未用过的尖啸器，攥了几下，好让它运行起来，然后打开门，悄没声地丢到酒吧间里。紧接着，我打开窗户，跳到外面的大街上。当然，我真的很想留下来欣赏接下来的惨况，但我必须走了。因为我受不了尖啸器，这东西会让我流鼻血。

跑开的当口，我听到尖啸器发出巨大的爆炸声。起初，附近的每条狗最先感知到，它们全都跟着狂吠、嚎叫起来。随后，酒吧里传来一声可怕的尖叫，哪怕离得这么远，尖叫声依然把我震得双耳嗡鸣。我能想象到里面乱成一团的情形，人们或是变得极度沮丧，或是变得暴躁至极，或是吓得魂飞魄散……尖啸器是种很可怕的东西。要等很长一段时间欧内斯特的酒吧才能再次坐满顾客。当然，那浑蛋肯定能想到是谁干的，但我毫不在乎。我受够了。世上再也没有潜行者雷德了，我不想干了。奔向死神，同时把这项技能教给其他白痴的日子结束了。你错了，基里尔，我的朋友。我很抱歉，但事实证明，古塔林是对的，而你是错的。我们不属于这里。造访区去不得。

我翻过栅栏，拖着脚慢慢地往家走。我咬住嘴唇，真想大哭一场，可我不能哭。未来的日子一片空虚，只有无聊、伤悲和日复一日的乏味。基里尔，我唯一的朋友啊，我们是怎么走到这一步的？没有你我怎么办？你为我描绘了光明的未来，给我展示了一个全新的世界，一个更加美好的世界。现在呢？在遥远的俄罗斯，将会有人为你哭泣，但我不能哭。可是，这全是我的错，跟别人无关！我真蠢，他的双眼还没适应黑暗，我怎么就敢带他进车库呢？我一直独来独往，除了自己，从来不为别人着想。我这辈子只有一次决定帮助别人，给他一份厚礼……我为什么非要跟他提起那个特别的空盒子呢？意识到这一点时，我的喉咙像是被什么东西捏住了，力道大得让我想像野狼般放声嚎叫。实际上我可能真的在号叫，街上的人纷纷避开我。这时，我看到库塔走了过来。我立刻感觉好点儿了。

她向我走来了，我的美人儿，我的姑娘。她露出修长的美腿，裙子在膝盖上轻轻摆荡。所经之处，每个男人都色眯眯地盯着她。但她目不斜视，径直向前走。不知为何，我立刻就猜到她是在找我。

“嘿，库塔，”我说，“你要去哪儿？”

她上下打量着我，马上就了解了我的状况：我脸上血淋淋的，外套湿透了，指关节泛着瘀紫。但她对此未置一词，而是说道：“嘿，雷德。我其实是在找你。”

“我知道，”我说，“去我那儿吧。”

她沉默不语，转过身，把头侧向一旁。啊，她的头可真美啊，修长的脖子性感极了。她就像一匹活力四射的小母马，虽然神态傲慢，但内心却对主人忠心耿耿。片刻后，她说：“我不知道，雷德。你是不是不想再见我了？”

我心里突然咯噔一下。她这话什么意思？可我还是用冷静的语气说：“我不明白你什么意思，库塔。真抱歉，今天喝得有点儿多，可能脑子不太清醒。我为什么不想再见你了？”

我挽着她的胳膊，慢慢地往家里走去。刚才还色眯眯盯着她的男人们迅速别过脸去。我从小就在这条街上混，他们都知道雷德·舒哈特不是好惹的。不知道的人很快就会得到教训，而且，他们能感觉到我的杀气。

“我妈妈让我去流产，”库塔忽然说，“可我不想。”

我走了好几步才明白她的意思。

在此期间，库塔还在继续说："我不想流产，我想生下你的孩子。你想干什么都行。你可以随时离开。我不会强留你。"

我听她讲着。她的语气逐渐激动起来，越说越生气。我听着听着就走神了。我心里很乱，只有一个愚蠢的念头在脑海里回荡：世界上少了一个人，又补上一个。

"她一直跟我讲，"库塔说，"'这是潜行者的孩子，你干吗要生育怪胎呢？他是个罪犯。'她说，'你们俩组建不了家庭，根本不能。今天他人身自由，但明天可能就会锒铛入狱。'可我不在乎这些，我能应付得来。所有的事情，我自己都能处理。我可以独自生下他，靠自己把他抚养长大，让他成为一个善良之人。我不需要你。但那样的话，你也别再见我了，我不会让你进家门的……"

"库塔，"我说，"我的爱人！等一下……"我说不下去了，突然间，我跟个傻子似的神经质地大笑一声。"亲爱的，"我说，"你为什么要赶我走呢？"

我像个十足的白痴一样哈哈大笑。她不再说话，把脸埋在我的胸脯上，放声痛哭。

"咱们现在该怎么办啊，雷德？"她流着泪说，"咱们现在该怎么办啊？"

2

雷德里克·舒哈特，28岁，已婚，无正式职业。

雷德里克·舒哈特躺在一块墓碑后面，拨开一支挡住视线的树枝，向公路望去。巡逻车的探照灯在墓地里扫来扫去。一旦有灯光射进眼睛，他就迅速眯起双眼，屏住呼吸。

已经过了两个小时，路上的情况还是那样。那辆车停在原地，发动机隆隆地匀速空转，不停地用探照灯扫视着那些无人打理的破败坟墓、歪斜且锈迹斑斑的十字架、茂盛的白蜡树，以及左侧那道向远方延伸的9英尺高的墙头。巡逻队害怕造访区。他们从来不敢下车。在墓地附近，他们甚至不敢开枪。雷德里克偶尔能模糊地听到他们的说话声，有时会看到从车里丢出还闪着火星的烟头，火光或是在路上滚动，或是跳动几下，最后四下散射，变成点点暗红。刚下过雨，天气非常潮湿。尽管穿着防水外套，但雷德里克依然能感觉到冷飕飕的湿气往衣服里钻。

他小心翼翼地松开树枝，转头，凝神静听。他听到右边有动静，离他不算远，但也不近——墓地里还有其他人。那边树叶沙沙作响，还有轻缓地踩在泥土上的声音，接着便是轻轻的砰的一声，那是坚硬沉重的物体落到地上了。雷德里克并未转身，紧贴着湿漉漉的草地向后退。头顶再次掠过一束光。雷德里克连忙停下，视线随着光线移动。在十字架之间的坟墓上似乎有一个黑衣人。他一动不动地坐在那里，斜靠着大理石方尖碑，丝毫没有躲避的意思。他转向雷德里克，那是一张苍白的脸庞，深色的眼睛向内凹陷。事实上，雷德里克并没有看得很清楚，毕竟只有短短一瞬，根本没法看清。那副样子其实是他脑补出来的。他又向后退了几步远，摸了摸外套里的酒瓶，掏出来，在原地躺了一会儿，把温热的金属瓶身贴在脸上。随后，他握着酒瓶继续匍匐后退，不再倾听周围的动静，也不再东张西望了。

墙上有一道口子，旁边铺着一件衬铅夹克，上面躺着伯布里奇。他仰卧着，双手扯着衣领，压低声音痛苦地呻吟，听起来揪心得很。雷德里克在他身旁坐下，拧开瓶盖，把手轻轻地垫在伯布里奇的脑袋下，整个手掌贴着后者滚烫且汗淋淋的光头。随后，他将瓶口放在那个老头的唇上。天很黑，但在探照灯微弱的反光中，雷德里克能看到伯布里奇瞪大的、目光呆滞的眼睛，以及他满脸的黑色胡茬。伯布里奇贪婪地喝下几口，然后心急火燎地摸索着那个装有赃物的袋子。

“回来了……”他说，“好人……雷德……不会把我这个老人……丢在这里等死……”

雷德里克仰头喝了一大口。“该死的巡逻车就是不开走，”他说，“就跟被粘到路面上似的。”

“那不……意外……”伯布里奇说，他只能在喘气的间隙说话，“有人告密。他们等的就是我们。”

“也许吧，”雷德里克说，“再喝点儿吗？”

“不用。喝够了。别丢下我。如果你不丢下我，我肯定能撑过去，你就不用事后难过了。雷德，你不会丢下我的，对吧？”

雷德里克没有回答。他正追随探照灯的蓝色光束望向马路那边。在这里能看到那块大理石方尖碑，但他不确定那个人是否还坐在那里。

“听着，雷德，我没开玩笑，你不会感到难过的。知道老伯布里奇为什么能活到今天吗？你知道吗？‘大猩猩’鲍勃已经死了。‘法老银行家’也不在人世了，他生前可是一位地道的潜行者！结果呢，他还是嗝屁了。还有‘鼻涕虫’‘四眼’诺曼、卡洛根、‘贱人’皮特，他们全都翘辫子了。只有我还活着。为什么？你知道为什么吗？”

“因为你一直是个人渣，”雷德里克说，眼睛仍然盯着公路，“是名副其实的秃鹫。”

“人渣。没错。必须这样。但是，他们跟我并没有区别，‘法老’‘鼻涕虫’，都是这样。但我是唯一活到今天的。你知道原因吗？”

“知道。”为了让他闭嘴，雷德如此回道。

“你骗人。你不知道。你听说过‘金球’吗？”

“听说过。”

“你以为那就是个童话？”

“你最好保持安静，”雷德里克劝告道，“你在浪费体力。”

“没事儿，你会把我带出去的。咱们一起经历过那么多！你不会真把我丢在这儿不管吧？咱们第一次见面时，你还是个小不点儿。我认识你父亲。”

雷德里克沉默不语。他太想抽根烟了。于是，他掏出一根，捏碎烟叶，倒进掌心，试着闻了闻。不管用。

“你必须带我出去，”伯布里奇说，“我来这儿都是你的错。谁让你不肯带那个马耳他人的。”

马耳他人真的很想跟他们一起来。他给他们付了酒钱，又付了一大笔定金，并发誓说他能搞到特制服装。当时坐在马耳他人身旁的伯布里奇用戴着厚皮革手套的手挡住脸，对雷德里克疯狂使眼色：带上他吧，咱们亏不了。也许这正是雷德里克拒绝他的原因。“你是被自己的贪欲带到这里的，”雷德里克冷冷地说，“与我无关。你安静点儿。”

伯布里奇安静了一会儿，只发出痛苦的呻吟声。他再次扯住衣领，脑袋拼命后仰。“所有的东西都可以归你，”他喃喃道，“只要别丢下我就行。”

雷德里克看了看表。天快亮了，但巡逻车还没开走，继续用探照灯在灌木丛中扫视。他们的伪装吉普车就藏在那边，离巡逻车非常近，随时可能会被发现。

“那个金球，”伯布里奇说，“我找到了。有很多关于它的传闻。有些是我编的。据说它能满足任何愿望。是的，你没听错，任何愿望都行！实际上，如果它能满足任何愿望，我就不至于在这儿了。我就会在欧洲享受生活，整日泡在钱海里。”

雷德里克低头看了看他。在一闪而过的蓝光下，伯布里奇仰起的脸庞看上去像死人一般，但他呆滞的双眼却瞪得大大的，它们紧盯着雷德里克，视线一刻也不移开。

“青春永驻——根本没得着。花不完的钱——也是没得着。但我身体健康，还有几个孩子。而且我还活着。你根本想不到我去过什么地方。可我依然活到了今天。”他舔舔嘴唇，“我对金球只有一个请求，让我活下去，让我保持健康，也让我的孩子们健健康康。”

“闭嘴吧，”雷德里克终于忍不住了，“你现在就跟个娘儿们似的。我一定会尽力带你出去。我为你的迪娜感到难过，如果你死了，那姑娘就要流落街头了。”

“迪娜……”伯布里奇用沙哑的声音说，“我的宝贝儿。她是个美人儿。你知道吗，我把他们宠坏了，雷德。我对他们有求必应。如果我死了，他们今后将会流离失所。亚瑟，我的阿奇①，你知道他是什么样，雷德。你在别处见不到像他那么棒的孩子。”

“我跟你说了。只要有可能，我定会尽力带你出去。”

“不行，”伯布里奇固执地说，“不管怎样，你都要把我弄出去。那个金球，想知道它在哪儿吗？”

“好啊，告诉我吧。”

① 亚瑟的昵称。

伯布里奇挪了挪身子，又呻吟起来。“我的腿……”他咕哝着说，“你能摸一摸吗？”

雷德里克伸出手，沿着他的小腿摸索着检查了一番。

“骨头……”伯布里奇气喘吁吁地问，“腿上还有骨头吗？”

“有的，有的，”雷德里克撒谎道，“别担心。”

实际上，他只摸到了膝盖骨。从膝盖往下，一直到脚后跟，整条小腿摸起来就像一根橡胶棒，软得都能打结了。

“你骗人，”伯布里奇说，“你为什么骗我？怎么，你以为我不知道吗？你以为我以前没见过这种情况？”

“膝盖还在呢。”雷德里克说。

“这可能也是谎言，”伯布里奇痛苦地说，“算了。只要能带我离开这里，我就把一切都给你。那个金球，我会给你画张地图，把所有的陷阱都标出来。我会把一切都告诉你。”

他喋喋不休地做着承诺，但雷德里克已将注意力转向了别处。他正在观察马路上的情况。探照灯已经不再扫视灌木丛了，它们静止不动，将光线齐齐射向同一块大理石方尖碑。在明亮的蓝色光雾中，雷德里克清楚地看到一个缩头弓身的人影在十字架之间徘徊。那身影似乎眼神不好，直奔探照灯的方向而去。雷德里克看到它撞上了一个硕大的十字架，踉踉跄跄地后退，结果又撞上了那个十字架，这才绕过去，继续行进。它伸出长长的手臂，手指展开。突然间，它消失了，好像钻到地底似的。过了几秒，它再次出现，比刚才更加偏右，以一种非人类所具有的执着，迈着滑稽的步伐向前走，像个发条玩具一样。

探照灯忽然熄灭了。巡逻车的离合器开始转动，发动机轰鸣作响，信号灯发出的红蓝光照射到灌木丛里。紧接着，那辆车便开走了。它疯狂加速，向镇上飞奔而去，消失在了墙后面。雷德里克使劲咽下一口唾沫，拉开连身衣的拉链。

“他们走了……”伯布里奇兴奋地咕哝道，“咱们也走吧，雷德！快！”他在身边胡乱地摸索，抓住那个装着赃物的袋子，想要坐起来，“快点儿啊，磨蹭什么呢？”

雷德里克还在看着马路那边。天已经彻底黑了，他什么都看不见，但那个人影就在那边的某个地方，像个发条玩具一样踉跄行进，一会儿摔倒，一会儿又撞上十字架，最后可能会被灌木丛缠住。“好了，”雷德里克大声说，“出发吧。”

他试图把伯布里奇抱起来。那老头儿用钳子般的手抓住他的脖子。雷德里克根本站不起来，只能四肢着地，紧紧抓着湿漉漉的青草，拖着他从墙上的口子里钻过去。“继续走，继续走……”伯布里奇恳求道，“别担心，我拿着袋子呢，不会松手的。继续走啊！”

他认得路，但草地十分湿滑，树枝抽打着他的脸庞，肥胖的老头儿还沉得不可思议，就像拖着一具尸体，再加上那个丁零当啷的赃物袋子不停地缠住他。此外，他还很怕撞上那个人影，后者也许会在黑暗中漫游到这里。

爬到路上时，仍然漆黑一片，但黎明显然即将来临。在公路对面的小树林里，鸟儿开始稀稀落落地啁啾歌唱。远处的郊外矗立着一些黑房子和稀疏的黄色街灯，它们上方的夜空已经变蓝了。潮湿阴冷的寒风刮了起来。雷德里克把伯布里奇平放在路边，环视四周，然后像只巨大的黑蜘蛛似的穿过马路。他很快找到了吉普车，将引擎盖和后备厢上伪装用的树枝扫下去，接着便小心地把车开到人行道上，并未打开车头灯。伯布里奇坐起来了，一只手抓住袋子，另一只手摸着双腿。“快点儿！”他厉声说，“快点儿走啊！我的膝盖，我的膝盖还在……希望能保住我的膝盖！”

雷德里克抱起他，咬紧牙关，把他扔进车里。伯布里奇砰的一声摔到后座上，痛得呻吟起来，但他依然抓着袋子。雷德里克从地上捡起衬铅夹克，丢到他身上——伯布里奇竟然还能把夹克一并拽回来。

雷德里克拿出手电筒，沿着路边来回走动，查看是否留下了车辙。几乎没有。方才开到路上的过程中，吉普车把又高又茂密的草地碾平了，但只需几个小时，那些草就会再次直立起来。巡逻车停过的地方到处都是烟头。雷德里克见状，想起他早就想抽一支了。于是，他掏出一支烟点上。不过，他此时最想做的就是跳上车飞速离开。但他还不能这么做。每件事都要考虑周详。

“怎么了？”伯布里奇在车里哼唧道，“你还没把水倒出来，渔具还是干的……怎么还在那儿站着？把袋子藏起来啊！”

“闭嘴！”雷德里克说，“别烦我。”他吸了一口烟，“我们要从南郊穿过去。”

“南郊？你疯了吗？我的膝盖就要保不住了，浑蛋！我的膝盖啊！”

雷德里克吸了最后一口烟，然后把烟头塞进火柴盒。“冷静一下，秃鹫，”他说，“不能从镇子里穿过，那条路上有三个检查站，至少会有一个把我们拦下。”

“那又怎样？”

“他们就会看到你的腿。咱们就玩完了。”

“我的腿怎么了？就说咱们用炸药捕鱼，一不小心把我的腿给炸了。就是这样！”

“要是有人摸你的腿呢？”

“要是摸的话……我就大声尖叫，这样他们就不敢再碰了。”

但雷德里克心意已决。他打开手电筒，抬起驾驶座，打开暗室，然后说：“把袋子给我。”

座位下的备用油箱是假的。雷德里克把袋子塞进去，听到里面传来咣当咣当的碰撞声。

“我不能冒这个险，”他嘟囔道，“我没这个权利。”

他关上暗室门，在上面撒了些垃圾，又铺上几条破布，最后放下驾驶座。伯布里奇一直在咕哝和呻吟，哀求他动作快点儿，并且再次承诺金球的事。说这些的时候，他疼得在座位上翻来滚去，同时不安地凝望着逐渐明亮的天空。雷德里克未予理会。他撕开那个装着鱼和水的塑料袋，把水倒在后备厢里的渔具上，又把活蹦乱跳的鱼扔进帆布包里。之后，他把塑料袋叠好，塞进衣兜。一切都准备就绪，他们看起来就是两个捕鱼归来的渔民，这趟行程不怎么成功。他坐上驾驶座，发动了汽车。

他没有打开车头灯，一口气开到了转弯处。他们左边那座9英尺高的巨大围墙向远处延伸，将造访区围绕起来。而右边则是灌木丛、稀疏的小树林，偶尔还能看到废弃的村舍，窗户都用木板封住，房子的油漆已经剥落。雷德里克的夜视能力很好，再说夜色已经没有那么浓重了。而且，他预料到即将碰见什么。因此，当那个弯腰驼背、缓步行进的人影在前方出现时，他只是弓着身子俯在方向盘上，根本没有减速。那个身影正好走到马路中央，和他的同类一样，他也在往镇子的方向走。雷德里克耸着肩从他身边驶过，然后猛踩油门。

“我的天哪！”伯布里奇在后座上嘟囔道，“雷德，你瞧见那个了吗？”

“瞧见了。”雷德里克说。

“天啊。那正是我们需要的……”伯布里奇咕哝道，紧接着便开始大声祷告。

“闭嘴！”雷德里克厉声说。

那个转弯处肯定就在附近。雷德里克放慢速度，审视着右边那排歪斜的房屋和栅栏。那边有一座破旧的变压器室……一根电线杆……一座横跨沟渠的腐烂的桥。雷德里克转动方向盘。汽车压到路坑上，颠簸了一下。

“你要去哪儿？”伯布里奇发疯似的尖声说，“你会毁了我的膝盖的，狗杂种！”

雷德里克迅速转身，扇了他一耳光。老头脸上粗短的胡茬扎得他手背生疼。伯布里奇叽歪几句便住嘴了。汽车剧烈颠簸。夜里刚下过雨，车轮在泥里不停地打滑。雷德里克打开车头灯，晃动的白光照亮了路面上杂乱的车辙、大水坑和路边腐烂倾斜的栅栏。伯布里奇呜咽起来，哭得一把鼻涕一把泪。他已经不再承诺，而是变成了威胁和抱怨，只不过声音很轻，也很含糊，所以雷德里克只能零星地听出几个字，大概是跟老头的双腿、膝盖、俊俏的阿奇有关……说了一会儿，他终于安静下来。

这座村庄横跨镇子的西部边界。从前，这里有农舍、花园、果园，还有镇政府官员和工厂老板们的避暑宅邸。这里曾经有过漂亮的绿地、美丽的小湖，铺满砂砾的湖岸干干净净，还有茂盛的白桦林，以及养着鲤鱼的池塘。那时，工厂的恶臭和刺鼻的工业烟雾尚未侵袭到这边，不过镇上便利的下水道系统也没有铺到这里。可现如今，村子已经荒无人烟，在行驶的过程中，他们只看到一栋房子还有人住，拉着窗帘的窗户上透出黄色的灯光，晾衣绳上的衣服被雨水淋湿了，一条大狗跑出院子，冲他们狂吠，然后迎着车轮扬起的烂泥追赶了一会儿。

雷德里克小心地驶过另一座歪歪斜斜的旧桥，通往镇子西部高速的拐弯处映现眼前，他便停下车，关掉引擎。他从车上下来，径自往前走，看都没看伯布里奇一眼。他冻得浑身发抖，遂将双手插进湿漉漉的连身衣口袋。天亮了。整个世界都是那么潮湿、安静、死气沉沉。他走到高速公路上，躲在灌木丛后面小心地向远处张望。从这里一眼就能看到那个警察哨所：那是一座装有轮子的小型活动房屋，灯光从三扇窗户中透出来，炊烟从又高又细的烟囱里袅袅升起。小屋旁边停着一辆巡逻车，车内没人。雷德里克站在那里观察了一会儿。哨所里非常安静。值完夜班的巡警们或许又冷又累，所以此刻可能正在小屋里暖和身子呢，估计一边嘴里叼着烟，一边打着盹儿。

“这帮可恶的家伙。”雷德里克轻声说。

他在口袋里摸索到那个指节铜环，套在手指上，将那个冰冷的金属物攥紧，然后往回走。此时，他依然冷得浑身发抖，双手始终没离开衣兜。吉普车停在灌木丛中，车身微微倾斜。这地方偏僻荒芜，估计得有十年没来过人了。

雷德里克刚回到车旁，伯布里奇就连忙坐起来，张大嘴巴盯着他。他现在看起来比平时更加苍老：满脸皱纹，头顶光秃，脸上全是脏兮兮的胡茬，满嘴的牙齿都烂了。他们沉默地对视了一会儿。伯布里奇突然嘟囔道：“会给你一张地图……标出所有的陷阱，一个不落……你能靠自己找到，不会为我感到难过……”

雷德里克一动不动地听着，然后松开拳头，放开指节铜环，说：“行吧。但你得装出不省人事的样子，好吗？到时候你就呻吟，别让他们碰你。”

他钻进车里，启动引擎，继续往前开。

没想到，他们通过得很顺利。吉普车严格遵照路标和指示从活动房屋旁缓缓驶过，结果一个人都没出来。随后，汽车遽然加速，穿过南郊，向镇上飞奔而去。现在是早上6点，街上空无一人。人行道上很湿，显得黑乎乎的。十字路口的红绿灯孤零零的，在夜里毫无意义地照常工作。他们经过一家窗户高大的面包店，里面灯火通明，热腾腾的、美味无比的面包香气扑面而来。

“好饿啊。”雷德里克说，他揉捏着因高度紧张而僵硬的肌肉，又伸展了一下胳膊，最后将双手按在方向盘上。

“什么？”伯布里奇惊惶地问。

“我说我很饿。咱们去哪儿？回你家，还是直接去找‘屠夫’？”

“去找‘屠夫’，去找‘屠夫’，快！”伯布里奇急不可待地嘟囔着，他支棱起身体，俯向前座，呼出的热气喷到雷德里克的脖子上，“直接去他那儿！快！他还欠我700块钱呢！快、快、快！你怎么慢得跟受伤的蜗牛似的？”然后，他突然破口大骂，卑鄙下流的脏话喷涌而出，声音微弱却极其恶毒，同时还对雷德里克喷着唾沫星子，时不时地气喘吁吁，再咳嗽一会儿。

雷德里克没搭理他。他没有时间和精力去安抚这只狂怒的“秃鹫”。他必须尽快完事儿，好在去大都会酒店与人会面之前能眯上一小时，至少也得半小时。他拐到第十六大街，驶过两个街区，最后停在一栋灰色的两层楼房前。

“屠夫”自己打开了门——应该是刚起床，正准备去浴室。他穿着一件饰有金色流苏的华丽睡袍，手上拿着一个盛放假牙的玻璃杯。他的头发乱蓬蓬的，呆滞的眼睛下面还有黑眼圈。

“哦！”他说，“雷德，系（是）你吗？枕（怎）么了？”

“戴上你的烂假牙，跟我走。”雷德里克说。

“呃啊。”“屠夫”回道。他朝门厅扬了扬头，示意雷德里克进屋等着，然后趿拉着波斯拖鞋飞速走向浴室。“这次是谁？”他从浴室里喊道。

“伯布里奇。”雷德里克回答说。

“怎么了？”

“腿。”

浴室里传来水流声。他听到擤鼻涕和水溅到地上的声音，紧接着是某样东西掉在瓷砖地板上滚动的声音。雷德里克疲倦地坐在扶手椅上，掏出一支烟，环顾四周，这才把烟点着。门厅可真气派啊，一定花了“屠夫”不少钱。他是个技艺精湛且极受欢迎的外科医生，不仅在本市，而且在全国医学界都享有盛名。当然，他跟潜行者们勾搭在一起的原因并不是钱。和很多人一样，他也是造访区的获益者：他收集里面的赃物，将其用于医疗实践；他治疗伤残的潜行者，同时借此研究各种神秘的新型躯体损伤、疾病和畸形。他成为地球上第一个专门研究人类身上的非人类疾病的医生，并因此声名远播。不过，说实话，他也十分乐意挣这份钱。

“他的腿到底怎么了？”他说着从浴室里走出来，肩上搭着一条大毛巾，用毛巾一角轻柔地擦拭他那修长且强健有力的手指。

“掉进黏液里了。”雷德里克说。

“屠夫”吹了声口哨。“看来伯布里奇的职业生涯结束了，”他咕哝道，“真可惜，这个潜行者挺出名的。”

“不至于，”雷德里克靠在椅背上，“你可以给他安一双假腿。这样他照样能进出造访区。”

“呃，好吧。”“屠夫”说，他摆出一副医生的职业性表情，“等我一会儿，我去穿衣服。”

他在穿衣服的当口打了个电话，估计是在指示诊所的工作人员，为即将进行的手术做准备。雷德里克一动不动地躺在扶手椅上抽着烟。他只活动过一次：掏出酒瓶，抿了一小口。因为酒已经快喝光了。他努力放空思绪，只是静静地等待。

随后，他们走到车旁。雷德里克坐进驾驶座，“屠夫”则坐到副驾驶上。刚一坐下，他就立刻越过座位探身向后，摸了摸伯布里奇的腿。伯布里奇哼哼唧唧，疼得瘫软下去，哀怨地咕哝着，许诺会有数不尽的财富，还反复提及他的孩子们和已经过世的妻子，并恳求医生最起码保住他的膝盖。到达诊所时，门口一个护工都没有，“屠夫”便咒骂一声，从还在减速中的车上跳下去，消失在了诊所门后。雷德里克又点燃一支烟。伯布里奇突然说话了，每个字都异常清晰，好像他已经彻底冷静下来似的：“你想杀了我。我会牢记在心的。”

“但我并没有杀你。”雷德里克冷淡地说。

“是的，你没有。”伯布里奇低声说，“这一点我也会牢记在心。”

“随你便。”雷德里克说，“换作是你，你肯定不会杀了我。”

他转头看着伯布里奇。老头儿的脸痛苦地微微扭曲，抿了抿干巴巴的嘴唇。

“但你会把我丢在那儿，”雷德里克说，“把我丢在造访区里，任凭我等死。就像你对‘四眼’那样。”

“‘四眼’的死都怪他自己。”伯布里奇立即反驳道，“跟我完全无关。他自己被困住了。”

“你是个人渣，”雷德里克冷冷地说，将头转向前方，“名副其实的秃鹫。”

两个衣冠不整、睡意未消的护工从门里蹿出来，一边跑，一边打开担架，快速冲到车旁。雷德里克时不时地抽上一口烟，看着他们敏捷地将伯布里奇从后座拽下去，放到担架上，然后抬到门口。伯布里奇一动不动地躺着，双臂交叉放在胸前，遥望着天空。他那双大脚被黏液毁得够呛，以一种奇怪的角度不自然地弯曲着。

他是最早的那批潜行者中唯一在世的。他们在造访刚刚发生后就立即开始寻找外星珍宝了，当时那儿还不叫造访区，也没有现在的研究所、围墙和联合国警察部队。当这个小镇因恐惧而陷入瘫痪时，全世界都以为最新一期报纸的报道是个恶作剧，被逗得咯咯直乐。那年，雷德里克只有10岁，伯布里奇还非常强壮敏捷，喜欢蹭别人的酒喝，喜欢打架斗殴，还喜欢追女孩子。那时候，他对自己的孩子完全不上心。但他那会儿已经是个人渣了：每次喝醉就打老婆，动静很大，这样才能让所有人听见，他以这一卑劣行径为乐……最终，他把她给活活打死了。

雷德里克掉转车头，抄近路向家里飞奔，完全不看红绿灯，遇到稀疏的行人就狂按喇叭。

他在车库前停好车。刚下车就看到公园负责人正从公园那边向他走来。和往常一样，负责人看上去心情很糟糕。他眼睛浮肿，皮肉松弛的脸上流露出极度厌恶的神色，仿佛不是在坚实的地面上行走，而是在一片粪肥地里蹚过。

“早上好。”雷德里克礼貌地说。

负责人在离他两步远的地方停下脚步，用大拇指朝身后指了指。“是你干的吗？”他问道。他吐字含混不清，这显然是他今天说的第一句话。

“什么？”

“那个秋千。是你安的吗？”

“是我。”

“为什么？”

雷德里克没理他，径直走到车库门口，打开门锁。负责人跟上去，险些撞上他。

“问你话呢，你干吗安那个秋千？谁让你安的？”

“我女儿。”雷德里克平静地说，然后拉开卷帘门。

“我指的不是你女儿！”负责人提高嗓门，“你女儿跟我问的不是一回事。我是说，谁准许你这么干的？到底是哪位说你可以乱动公园设施的？”

雷德里克转向他，一动不动地站在那里，目不转睛地瞪着他那苍白且青筋凸起的鼻子。负责人后退一步，用较为和缓的语气说：“你不能重新粉刷阳台。我跟你说过多少——”

“别白费力气了，”雷德里克说，“我不会搬的。”

他回到车旁，启动引擎。把双手搭在方向盘上时，他注意到自己的指关节都变白了。他再也不想忍耐了，于是将脑袋探出车外，说：“但是，假如你这浑蛋真想逼我搬走，你最好祈祷上帝保佑。”

他把车开进车库，打开灯，关上大门，然后从假油箱里掏出赃物袋子，将车内收拾干净，又把袋子塞进一个旧柳条筐里，接着把那些依然湿漉漉的、沾满树叶的渔具盖上，最后把伯布里奇昨晚去郊区买来的鱼丢在最上面。出于习惯，他又从各个角度对汽车检查一番，发现右后轮胎上粘着一个被压扁的烟头。雷德里克将其扯下。这烟是瑞典货，他想了想，还是把它塞进了火柴盒里——那里面已经有三个烟头了。

他在楼梯上没碰到任何人。来到自家门前，正准备掏钥匙，门却自己打开了。他用胳膊夹着沉重的筐子侧身进屋，立即被熟悉的家的温暖所包围。库塔搂着他的脖子，将脸贴在他的胸前，静静地抱了一会儿。即便隔着厚厚的衣服，他仍能感觉到她剧烈的心跳。尽管疲惫不堪，但他并未将她推开，而是耐心地站在原地，等她自己平复心情。

“回来就好。”她终于用沙哑的嗓音低声说。她放开他，打开走廊里的灯，然后头也不转地走进厨房。“我给你煮咖啡。”她喊道。

“我带回来一些鱼。”他刻意用欢快的语气说，“都煎了吧，我快饿死了！”

她返回来，把脸藏在头发后面。他将筐子放到地板上，帮她把那袋鱼拿出来，然后一起提着袋子来到厨房，把鱼倒进水槽里。“去洗漱吧。”她说，“等你洗完，饭也做好了。”

“‘小猴’还好吗？”雷德里克一边坐下脱靴子一边问。

“哦，她叽叽喳喳说了一整晚，”库塔说，“费了好大劲才把她哄上床。抓着我不放：‘爸爸呢，爸爸呢？’一个劲儿地问她爸爸……”

她在厨房里步态优雅地来回走动，动作干练，仪态万千，一点儿声音也不出。炉子上的水已经煮沸，鱼鳞在刀下向外飞溅，大煎锅里的油噼啪作响，空气里弥漫着新鲜咖啡的浓郁香气。

雷德里克站起来，光着脚走到前门，把筐子拿进小隔间。路过卧室时，他往里瞥了一眼。“小猴”跟嗑了药似的正在安恬入睡：盖在身上的毛毯拖到了地上，睡衣向上卷起，所以他能看到她的整个身体。这副睡姿跟个动物幼崽似的。雷德里克忍不住想要爱抚她那长满暖烘烘的金色软毛的后背。这些软毛之长之柔滑，曾经令他无数次惊叹不已。他真的很想把她抱起来，可又担心会把她弄醒。此外，他还脏得要死，身上还残留着造访区和死亡的气息。他回到厨房，坐在餐桌旁，说：“给我倒杯咖啡吧，我一会儿洗个澡。”

桌上有一摞晚班邮件：他们收到了一堆杂志，《哈蒙特时报》《运动员》《花花公子》……此外，还有一本厚厚的灰色封面的《国际外星文化研究所研究报告》。雷德里克从库塔手里接过热气腾腾的咖啡，然后把《报告》拽到跟前。里面有一些扭曲、怪异的符号和图表……还有些熟悉的物体的照片，拍摄角度都很奇怪。基里尔的另一篇论文也在他死后发表了，题目叫《77b型磁流阱的一个奇特特性》。他的姓“帕诺夫”用黑框框了起来，旁边有一行小字：“基里尔·A. 帕诺夫博士，苏联人，在19××年4月的一次实验中不幸去世——”雷德里克丢开杂志，喝了一大口滚烫的咖啡，然后问：“有人来过吗？”

库塔迟疑片刻。“古塔林来过。”她站在炉子旁望着他，“他喝得酩酊大醉。我把他轰出去了。”

“‘小猴’表现得怎么样？”

“当然是不想让他走呗。急得都要号啕大哭了。但我告诉她，古塔林叔叔身体不舒服。她表示理解：‘古塔林叔叔又喝多啦。’”

雷德里克咯咯笑了，又抿了一口咖啡，然后问：“邻居们怎么样？”

库塔再次迟疑片刻才回答：“跟往常一样。”

“好吧，不想说就算了。”

“哦！”她一脸厌恶地摆摆手，“楼下那个丑老太婆夜里来敲门了。她眼睛向外凸，嘴角还泛着白沫。她问：你们大晚上的干吗在浴室里锯东西？”

“臭婊子。”雷德里克咬牙切齿地说，“听着，要不咱们还是搬走吧？去郊区买一栋房子，周围荒无人烟，选个被荒弃的村舍也挺好。”

“那‘小猴’怎么办？”

“天哪，”雷德里克说，“咱俩还想不出办法逗她开心吗？”

库塔摇摇头：“她喜欢跟孩子们玩儿。他们也喜欢跟她玩儿。这不是他们的错——”

“是的，”雷德里克说，“当然不是他们的错。”

“谈论这个没用。”库塔说，“哦，对了，有人打电话找你。没透露姓名。我跟对方说你去钓鱼了。”

雷德里克放下杯子，站起来。“好了，”他说，“我真得去洗澡了。还有很多事情要做呢。”

他反锁浴室门，把衣服扔进浴缸里，又把指节铜环、剩下的螺钉和其他零碎东西放到架子上。他用热得几乎沸腾的水冲了很久，一边呻吟，一边用粗糙的海绵擦拭身体，直到把皮肤搓得通红才关掉淋浴。随后，他坐在浴缸边上，点燃一支烟。水管里的水汩汩地流。库塔正在厨房里叮叮当当摆放盘子。他闻到了煎鱼的香气。紧接着，库塔敲了敲门，把干净内衣递给他。“快点儿，”她命令道，“鱼快凉了。”

她已经完全恢复常态，又开始发号施令了。雷德里克咯咯地笑着穿上衣服。他提上短裤，套上T恤，回到厨房。“总算可以吃饭了。”他说着坐下了。

“你把衣服放进浴缸里了吗？”库塔问。

“嗯，”他边吃边说，“鱼真好吃！”

“往浴缸里放水了吗？”

“忘了……我的错，长官，下次不会再犯了，长官。哎呀，待会儿再弄呗，坐下！”

他抓住她的手，试图把她拽到自己的膝盖上，但她却把手抽走，坐到了他对面。

“冷落你丈夫，是不是？”雷德里克又往嘴里塞了一大口，“对他爱搭不理。”

“好一个我的丈夫啊。”库塔说，“无业游民，穷得叮当响，算什么丈夫？还得先把你喂饱。”

“嘿，一切皆有可能！”雷德里克说，“你不相信奇迹吗？”

“能把你喂饱就是天大的奇迹。喝一杯吗？”

雷德里克犹豫不决地摆弄着叉子。“不，还是算了。”他看看手表，站起来，“我得走了。能给我准备一套西装吗？熨平，让它像件高级货，再配上白衬衫和领带。”

他走到小隔间，把门闩上——他还挺喜欢赤脚踩在地板上的凉爽感觉。他系上橡胶围裙，戴上长及肘部的橡胶手套，然后开始把袋子里的东西拿到桌子上。其中有2个空盒子、1盒大头针、9块电池、3枚手镯、1枚环箍（样子跟手镯很像，只不过是用一种白色金属制成的，重量比手镯更轻，直径也比手镯大1英寸左右）、16个装在塑料袋里的黑色火花、两块保存完好的拳头大小的海绵、3个尖啸器、1罐碳化黏土。此外，袋子里还有一个沉甸甸的陶瓷容器，用玻璃纤维仔细包好了，但雷德里克没拿出来。他掏出香烟，点燃，打量着摆在桌上的赃物。

随后，他拉开一个抽屉，拿出一张纸、一截铅笔头和一张价目表。他嘴角叼着烟，双眼被烟雾熏得眯起来，在纸上写下一连串的数字，分成三列，然后把前两列相加，得到的结果居然很可观。他把香烟在烟灰缸里碾灭，小心翼翼地打开盒子，将大头针倒在纸上。在灯光下，这些大头针闪着蓝光，偶尔会迸射出红、黄、绿这三种光谱色。他拿起一枚大头针，小心地避开针头，用食指和拇指捏了捏。他关上灯，等了一会儿，让眼睛适应黑暗的环境。但大头针毫无反应。他将其放在一旁，摸索着拿起另一枚，又用手指捏了捏。还是没反应。他冒着被刺伤的危险加大力度，大头针终于有反应了：微弱的红色火花沿着它流动，一下子变成了更稀有的绿色火花。雷德里克盯着看了几秒钟，为这种怪异的光线变幻所迷醉。他从《报告》中得知，这种变化有一定的意味，可能是某种非常重要的信息。他把第二枚和第一枚分开放置，接着又拿起一枚。

一共有73枚大头针，其中12枚有反应，其余的都毫无变化。实际上，那61枚也能有反应，只不过手指的力度还不够大，得用一台桌子大小的特殊机器才行。雷德里克打开灯，在纸上添加了两个数字。直到这时，他才下定决心。

他将双手插进袋子里，屏住呼吸，拿出剩下的那个包裹，放在桌上。他盯着它看了一会儿，一边沉思，一边用手背搓着下巴。接着，他拿起铅笔，戴着橡胶手套笨拙地转了几下，便将其丢开。他又掏出一支烟，直到全部抽完，目光始终没有从包裹上移开。

“去他妈的！”他大声说，果断地拿起包裹，塞回袋子里，“就这些吧。足够了。”

他把大头针迅速放回盒子中，从桌子旁站起来。该走了。也许眯上半个小时，让头脑清醒一下会比较好，不过，早点到达并提前了解情况可能更明智。他摘下手套，把围裙挂起来，没关灯就离开了小隔间。

西装已经放在床上了。雷德里克开始穿衣服。正在他对着镜子打领带的时候，身后传来地板轻轻的咯吱声，他还听到了粗重的喘气声。为了忍住大笑的冲动，他不得不紧绷着脸。

“嘿！”一个高嗓门在他身边突然喊道。他随即感到自己的腿被抓住了。

“啊哈！”雷德里克惊呼一声，摔倒在床上。

“小猴”高声尖叫，紧接着哈哈大笑，立即爬到他肩膀上。她踩在他身上，揪他的头发，然后向他透露了许多重要情报：邻居家的孩子威利把洋娃娃的腿扯了下来；三楼新来了一只小猫，浑身雪白，眼睛是红的——可能是因为它没听妈妈的话，钻进造访区里了；晚饭吃的燕麦粥和果酱；古塔林叔叔又喝醉了，他感觉身体不舒服，甚至还哭了；鱼儿泡在水里，为什么淹不死呢？妈妈夜里为什么不睡觉？为什么我们有五根手指，却只有两条胳膊和一个鼻子呢？雷德里克轻轻地抱着这个在他身上爬来爬去的暖烘烘的小东西，望着那双没有眼白的黑黝黝的大眼睛，然后把脸贴在她那胖乎乎的小脸蛋上——她的脸上长满了柔滑的金色软毛。他对她反复说道："我的小猴……哦，小猴啊……真是只可爱的小猴子……"

这时，响起一阵刺耳的电话铃声。他伸出一只手，拿起话筒："哪位？"

没有回应。

"喂？"雷德里克说，"喂？"

没人答应。只听那边咔嗒一声，紧接着是一连串短促的嘟嘟声。雷德里克站起来，把"小猴"放在地上，不再听她叨叨，穿上了外套和裤子。"小猴"一刻不停地说个没完，但他只是心不在焉地笑了笑。最后，她终于宣布：爸爸一定是咬断自己的舌头，又吞了进去。然后她才肯离开。

他回到小隔间，把桌上的东西收进公文包，去浴室拿了指节铜环，又返回小隔间，然后一手提着公文包，一手提着柳条筐走出房间。他仔细锁好门，对库塔喊道："我走啦！"

"什么时候回来？"库塔从厨房里出来问。她已经梳好了头发，化好了妆，还把浴袍脱下来，换上了裙子——他最喜欢的那条亮蓝色的低胸裙。

"我会打给你的。"他看着她，然后走过去，弯腰吻了一下她的乳沟。

“嗯，那你走吧……”库塔柔声说。

“还有我呢？我呢？”“小猴”大叫着爬到他俩中间。他不得不把腰弯得更低，亲了她一口。库塔的目光始终没离开他。

“没事的，”他说，“别担心。我会打给你的。”

在楼下的楼梯间，雷德里克遇到一个身穿条纹睡衣的大腹便便的男人，后者正在鼓捣自己的房门锁。从他昏暗的公寓里飘来一股热腾腾的饭菜的酸臭味。雷德里克停下脚步说：“早上好。”

胖男人扭头警惕地看着他，然后含混不清地嘟囔了一句。

“你太太昨晚去我家了。”雷德里克说，“她以为我们在锯东西。一定是搞错了。”

“关我什么事？”他喃喃道。

“我老婆昨晚在洗衣服。”雷德里克继续道，“如果打扰到了你们，我向你道歉。”

“我什么都没说，”对方说，“你们愿意干什么就干什么。”

“嗯，真是太感谢了。”雷德里克说。

他下楼来到车库前，把筐子放到角落，用一个旧坐垫盖住，最后看了一眼，便来到街上。

路并不远：走两个街区到广场，穿过公园，再走一个街区到中央大道即可。跟往常一样，大都会酒店门前的街道上停着一些熠熠反光的汽车，都是车身镀铬、涂着颜色各异的车漆形成的效果。身穿玫红色制服的门卫拉着行李箱往门口那边走。一些着装体面、外国人模样的男人三三两两地站在大理石台阶上，一边谈天一边抽着雪茄。雷德里克决定暂时先不过去。他在街对面一家小咖啡馆的遮阳伞下坐定，要了杯咖啡，然后点上一支烟。有三名国际警察部队的密探坐在离他两步远的桌子旁，他们沉默无言，正急匆匆地往嘴里塞哈蒙特烤香肠，同时喝着大杯黑啤。在他另一侧，大约十步远的地方，一名警佐正攥着叉子，闷闷不乐地嚼着炸薯条。他的蓝色头盔倒扣在身旁的地板上，枪套挂在椅背上。除此之外，咖啡馆里再无他人。雷德里克不认识女服务员，她是个中年妇女，此刻正站在一边，时不时得体地捂住抹了口红的嘴打个哈欠。现在是8点40分。

雷德里克看到理查德·努南走出酒店，一边大口嚼着东西，一边戴上一顶软帽，步履轻盈地走下台阶。他又矮又胖，满面红光，刚刚洗漱完毕，看上去兴高采烈，俨然是一个既有钱又身体健康的成功人士，毫不怀疑这将会是愉快的一天。他向别人挥手致意，把衣袖卷起来的外套搭在右肩上，朝他的标致车走去。迪克的标致也是又矮又圆，刚被清洗一新，而且也给人一种十分乐观的印象。

雷德里克用手挡住脸，看着努南费力地钻进车里，坐到方向盘后面，把前座上的一样物品放到后座，弯腰捡起某个东西，然后调整了一下后视镜。标致车喷出一股淡蓝色的烟，冲一个身穿连帽斗篷的非洲佬嘟嘟地按起喇叭，最后轻快地驶到街上。看样子，努南要去研究所，所以他必定会绕过喷泉，经过咖啡馆。但现在起身走开为时已晚，于是雷德里克只得捂住脸，弓着身子躲在咖啡杯后面。可惜根本不管用。标致车对他嘟嘟直响，随后便是嘎嘎的刹车声，只听努南欢快地喊道："嘿！舒哈特！雷德！"

雷德里克低声咒骂一句，抬起头来，只见努南已经下车向他走来。后者笑容满面，朝他伸出一只手。

“你怎么大清早的上这儿来啦？”走到身边时，努南问道。“不用了，谢谢，亲爱的。”他对服务员大喊道，“我什么都不点。”接着再次转向雷德里克：“好久不见了。这些年你藏哪儿去了？最近在忙些什么？”

“没什么……”雷德里克冷淡地说，“瞎忙呗。”

他看着努南像以前一样费劲巴拉地坐到他对面的椅子上，用胖乎乎的小手把餐巾盒推到一边，又把三明治盘推到另一边，然后亲切地唠叨起来。“你看起来有些疲惫啊。是不是睡眠不足？你知道吗，我自己也因为新设备的事忙得焦头烂额，但说到睡眠，不，我的朋友，睡眠可是第一要务，跟它相比，新设备算个屁……”他突然环顾四周，“真抱歉，你是不是在等人啊？我打扰你了吗？”

“没有，没有……”雷德里克无精打采地说，“我刚好有点儿时间，就想着起码得来喝杯咖啡。”

“行吧，我不会耽误你太久的。”迪克说着看了看表，“听着，雷德，你干吗不丢下手里的事，回研究所上班呢？你知道他们随时欢迎你回去。他们新招到一个俄国人，你想跟他共事吗？”

雷德里克摇摇头。“不了，”他说，“能顶替基里尔的人还没出生呢。而且，你们研究所里也没有适合我的工作。现在全都自动化了，去造访区派机器人就行，我猜那些机器人回来也会有奖金吧。再说，实验室助理的工资还不够我买烟的呢……”

努南反驳道：“哎呀，这些都可以解决。”

“我不喜欢别人帮我解决。”雷德里克说，“我这辈子一直靠自己解决各种事情，而且打算继续这么活下去。”

“你怎么变得这么心高气傲了？”努南责备似的说。

“我不是心高气傲。我只是不喜欢日子过得紧巴巴，仅此而已。”

“行吧，你说得也有道理。”努南心不在焉地说。他漫不经心地瞥了一眼雷德里克放在旁边椅子上的公文包，后者正用手指摩挲着刻有西里尔字母的镀银表面。“没错。得先有钱，才能不为赚钱而发愁……这包是基里尔给你的礼物吗？”他朝公文包扬扬头，问道。

“是我从他那儿继承的遗产。”雷德里克说，“怎么最近没在‘甜菜汤’里见到你？”

“应该是我没在那里见到你才对。”努南说，“我经常去那儿吃晚餐。在大都会酒店，不论吃什么都贵得要命……听着——”他突然话锋一转，“你钱赚得怎么样？”

“你要跟我借钱？”雷德里克问。

“正相反。”

“你想借给我钱。”

“有个活儿。”努南说。

“哦，天哪！”雷德里克说，“怎么连你也有啊！”

“还有谁？”努南立即问道。

“哦，有很多像你一样的……雇主。”

努南像是明白了什么似的哈哈大笑起来：“不、不，跟你的本职工作无关。”

“那是什么活儿？”

努南又看了看表。“听着，”他站起来，“午餐时间去‘甜菜汤’，1点左右。咱们到时聊聊。”

“我可能1点到不了。”雷德里克说。

“那就晚上，6点左右。行吗？”

“看情况吧。”雷德也看了看表。现在是上午8点55分。

努南挥手告别，摇摇晃晃地回到标致车上。雷德里克见他离开后，叫服务员过来，要了一包好彩香烟[①]，买完单，拿起公文包，不慌不忙地穿过街道，向酒店走去。阳光已经很热了，街上很快变得闷热起来。雷德里克的眼睛被阳光刺得生疼。他双眼紧闭，后悔来办这桩重要交易之前没抓紧时间眯一会儿。就在这时，那种感觉突然出现了。

他在造访区外还从未有过这种感觉，哪怕是在造访区内，这种情况也仅发生过两三次。倏忽间，他像是来到了另一个世界。无数的气味一齐向他袭来，既有刺鼻的、甜美的、金属味的，也有危险的、抚慰人心的、令人不安的……像房子一样庞大，又像尘埃一样微小，如鹅卵石般粗糙，又如钟表齿轮般精妙复杂。空气变得坚硬，似乎拥有了表面、尖角和边缘，空间里仿佛充斥着粗糙的巨大球体、光滑的角锥体，以及硕大的长满刺的晶体。而他不得不从它们中间奋力穿过，就像梦中在一家摆满了奇形怪状的古旧家具的、

① 二战时期美国军队的特供香烟。

黑漆漆的古董店里穿行。这种感觉只持续了一小会儿。他睁开双眼，这一切瞬间消失。那并非另一个世界，而是他所在的世界将其不为人知的一面转向了他，只展示了一瞬就立即封闭起来，连让他探究一番的机会都不给。

司机冲他恼怒地狂按喇叭，雷德里克便加快脚步，随即小跑起来，最后在酒店墙边停下。心脏剧烈跳动，于是，他把公文包放到地上，焦躁地撕开烟盒，点燃一支烟，深吸一口，倚在墙上，就像刚打完架似的。这时，一名巡逻警察走过去，关切地问："先生，您需要帮忙吗？"

"不。"雷德里克强挤出这个词，然后咳嗽一声，"有点儿闷热……"

"需要我陪同您走一段吗？"

雷德里克弯腰拿起公文包。"我现在好了。"他说，"没什么可担心的，伙计。谢谢你。"

他迅速走到门口，拾级而上，进入酒店大厅。大厅里凉爽又昏暗，回声阵阵。他很想坐在其中一把巨大的皮革扶手椅上，清醒一下，歇口气，但他已经迟到了。所以，他只允许自己抽完手里的烟，同时眼睛半睁半闭地观察着周围的人。"瘦骨"已经到了，他看上去很恼火，正在报摊旁翻看杂志。雷德里克把烟头丢进垃圾桶，钻进电梯。

他没能及时关上电梯门，几个人趁机挤了进来：一个喘着粗气的胖男人，一个香水喷得过多的女人，领着一个闷闷不乐地嚼着巧克力棒的小男孩，还有一个下巴没刮干净的、体形臃肿的老太婆。

雷德里克被挤到电梯一角。他闭上眼睛，以免看到那个流着巧克力哈喇子的小男孩（不过他的脸蛋光滑又干净，一根毛都没有），也避免看到他的妈妈，她扁平的胸脯上挂着一串由黑色火花制成的镶银项链，同时还避免看到那个胖男人凸起的呆滞的双眼，以及那个老太婆肥胖的脸上令人反胃的瘊子。胖男人想抽烟，但老太婆狠狠地数落了他一通，一直到5楼她下去才肯罢休。之后，胖男人终于点燃一支烟，像是在维护自己的权利似的，没承想，刚吸一口就呛得直咳嗽，上气不接下气，像骆驼一样噘起嘴唇，在这期间还用胳膊肘戳到了雷德里克的肋骨。

到8楼时，雷德里克下了电梯，为了宣泄胸中的怒火，他大声嚷嚷道："去你妈的，你这个没刮干净胡子的老巫婆，你也是，咳嗽不止的白痴，还有你，你这个臭烘烘的婆娘，和你那个鼻涕横流、浑身沾满巧克力的废物儿子，都他妈去死吧！"

话毕，他来到走廊，踩在丝绒地毯上向前走。走廊里沐浴着隐藏式电灯发出的温暖灯光。这里有一股高级烟草、巴黎香水、装满钞票的锃亮的皮革钱包、500美元一晚的昂贵的应召女郎和大号金制雪茄盒混合的味道。空气中弥漫着粗鄙的恶臭味，制造这种气味的是那些卑鄙下流的人渣，他们靠着造访区发家致富，用赚到的钱吃喝玩乐，把自己养得脑满肠肥，对一切都不甚在意——尤其是对急不可待地将原本属于造访区的珍宝掏空，尽数搬到外面的世界之后，造访区会发生什么，更是毫不关心。雷德里克悄悄推开874号套房的门。

"刺耳"正坐在窗边的椅子上卷制雪茄。他仍旧穿着睡衣，稀疏的头发还湿漉漉的，不过已经精心梳理过了。而且，他那蜡黄且肿胀的脸也刮得很干净。“啊哈，”他说，“守时是国王的礼节。你好啊，小伙子！”

他剪断雪茄一端，用双手拿起来，放到鼻子下，从一端嗅到另一端。

“老朋友伯布里奇呢？”他抬头问道，那双蓝色的眼睛很澄澈，像天使一般。

雷德里克将公文包放到沙发上，坐下，掏出一支烟。“伯布里奇不来了。”他说。

“亲爱的伯布里奇啊。”“刺耳”说道，用两根手指夹住雪茄，送进嘴里，“亲爱的伯布里奇挺尿啊……”他清澈的蓝眼睛一眨不眨地盯着雷德里克。他从来都不眨眼。

房门轻声打开，“瘦骨”钻了进来。“刚才跟你说话的那人是谁？”他站在门口问道。

“哦，你好。”雷德里克和气地说，将烟灰弹到地板上。

“瘦骨”把双手插进兜里，那双内八字的大脚迈着大步往里走，在雷德里克面前停下来。“我们跟你说过一百次了，”他责备地说，“咱们会面之前，不准跟别人碰头。可你是怎么做的？”

“我——我跟你打招呼了，”雷德里克说，“可你呢？”

“刺耳”哈哈大笑。“瘦骨”则不耐烦地说：“你好，你好。”他不再责备地瞪着雷德里克，一屁股坐在他旁边。“你不能那么做。”他说，“明白吗？你不能！”

“那就找一个谁都不认识我的地方会面。”雷德里克说。

“这小子说得对，”“刺耳”指出，“是咱们的错。那你说说，刚才那个人是谁？”

“那是理查德·努南。”雷德里克说，“他给一些为研究所供应设备的公司做代理。他就住在这个酒店。”

“你看，答案就是这么简单！”“刺耳”对“瘦骨”说。他从桌上拿起一个外形像自由女神像的大号打火机，不确定地看了看，又放了回去。

“伯布里奇呢？”“瘦骨”问，语气彻底平静下来。

“伯布里奇来不了了。”雷德里克说。

另外两人迅速交换了一下眼神。“愿他安息。”“刺耳”谨慎地说，“还是说他被捕了？”

雷德里克并没有立刻回答。他从容不迫地抽着烟，然后把烟头丢在地板上，说：“别担心，一切都好。他在医院呢。”

“都进医院了还能说‘好’？”“瘦骨”紧张地说，他跳起来，走到窗边，“在哪家医院？”

“不用担心，”雷德里克重复道，“在‘正确’的医院。咱们开始谈正事吧。我需要睡眠。”

“具体哪家医院？”“瘦骨”问，他又恢复了恼怒的语气。

“我告诉过你了。”雷德里克回道，他提起公文包，“咱们到底谈不谈正事？”

“谈，谈，年轻人。”“刺耳”愉快地说。他以出人意料的敏捷身手一跃而起，把咖啡桌轻松推到雷德里克跟前，又一把将桌面上那堆报纸和杂志扫到地毯上。随后，他坐到雷德里克对面，将那双毛茸茸的手搭在膝盖上。“给我们瞧瞧。”他说。

雷德里克打开公文包，拿出价目表，放在“刺耳”面前的桌面上。后者瞥了一眼，用一根手指将其推开。“瘦骨”则站到“刺耳”身后，越过他的肩膀瞅着价目表。

“这是账单。”雷德里克说。

“我知道。”“刺耳”回道，“给我们瞧瞧，给我们瞧瞧！”

“钱呢？”雷德里克说。

“这个‘环箍’是啥？”“瘦骨”狐疑地问，他的手从“刺耳”的肩膀上伸过去，用手指戳了戳那张单子。

雷德里克沉默不语。他用膝盖托着打开的公文包，视线一直没从那双天使般的蓝眼睛上移开。最后，“刺耳”忍不住咯咯笑了。

“我怎么那么爱你呢，小子？”他轻声说，“人们都说根本就没有一见钟情！”他夸张地叹了一口气，“菲尔老弟，这儿的人都是怎么说的来着？做生意就得付钱，而且要付现金——还有，把火柴递给我！你知道的……”他冲“瘦骨”晃了晃仍然夹在手指中间的雪茄。

“瘦骨”嘴里不知咕哝了一句什么，把火柴盒扔给他，然后穿过一道用帘子遮住的门，进入隔壁房间。雷德里克听到他急躁地嚷嚷着，似乎是在说“买得太仓促”之类的。“刺耳”终于点燃了雪茄，同时打量着雷德里克，苍白瘦削的嘴唇上始终挂着微笑，摆出一副若有所思的样子。于是，雷德里克便将下巴搭在公文包上回看着他，尽量也不眨眼，虽然他的眼睛灼痛不已，而且疼得都流眼泪了。不多时，“瘦骨”就回来了，把两大摞现金扔到桌上，闷闷不乐地坐到雷德里克身边。雷德里克慢吞吞地伸手去拿钱，却被“刺耳”抬手制止了。“刺耳”撕掉现金的包装纸，并将其塞进口袋里。

“尽管拿吧。”

雷德里克拿起钱，数都没数就装进了外套的内口袋里。随后，他把赃物摊开在桌面上。他动作很慢，以便让他们仔细检查并对照清单进行核对。房间里一片寂静，只能听到“刺耳”粗重的呼吸声和从帘子后面传来的几不可闻的叮当声，那可能是勺子敲击玻璃杯的声音。

当雷德里克终于合上并锁好他的公文包时，“刺耳”抬头看着他问道：“好啦。咱们的重头戏物品呢？”

“没有。”雷德里克回道，他停顿片刻，又补充说，“目前还不行。”

“我喜欢‘目前’这俩字。”“刺耳”亲热地说，“你觉得呢，菲尔？”

“你在扰乱视听，舒哈特。”“瘦骨”一脸厌恶地说，“为什么要保密？”

“咱们本来就是在暗中交易。”雷德里克说，“这可是个艰难的行当。”

“嗯，好吧。”“刺耳”说，“照相机在哪儿？”

“哦，该死！”雷德里克搓了搓脸，感觉脸上变得滚烫。“真抱歉，”他说，“我把这事儿完全忘了。”

“在那里边？”“刺耳”问道，拿着雪茄的手略微晃了晃。

“我不确定……有可能在那里边……”雷德里克闭上眼睛，靠在沙发上，“不。我真想不起来了。”

“太可惜了。”“刺耳”说，“但你至少看到过吧？”

“不，我们没看到。”雷德里克恼怒地说，“就是这样。我们甚至连熔炉那儿都没到。伯布里奇掉进了黏液里，我们就立即折返了。我要是看到过照相机，肯定忘不了，这是毋庸置疑的。”

“我的天啊，休，快看看！”“瘦骨”突然恐惧地低声说，“这是什么玩意儿？”

他坐在那里，右手食指紧绷着在面前伸展开来。那枚白色的环箍正在他手指上旋转，而“瘦骨”则瞪大眼睛紧盯着它。

“它停不下来！”“瘦骨”大声说，惊讶的目光从手镯移到“刺耳”身上，随即又移了回去。

“你说‘停不下来’是什么意思？”“刺耳”谨慎地说，同时稍稍后缩了一些。

“我把它放到指头上转了一下，就是随便玩玩，结果转了一分钟还是不停！”

“瘦骨”猛地站起来，把那根手指凑到自己面前，跑进了被帘子遮挡的那间屋子。银色环箍在他面前旋转不休，跟飞机螺旋桨似的。

“你带来的这是什么玩意儿？”“刺耳”问。

“我怎么知道！”雷德里克说，“我毫无头绪。我要是知道的话，收费肯定更高。”

“刺耳”看了他一会儿，然后站起来，也钻到了帘子后面那间屋里。雷德里克立刻听到了他们的低语声。他掏出一支烟，点燃，从地板上捡起一本杂志，漫不经心地翻阅着。杂志里全是身材紧致的美女，但不知怎的，那些图片竟让他觉得很恶心。雷德里克扔掉杂志，在套房里扫视一圈，想看看有没有喝的。随后，他从口袋里掏出一摞现金，数了起来。一切都很顺利。但为了保持清醒，他又掏出另一摞数了数。在他把钱放回口袋的当口，“刺耳”回来了。

“小子，你真走运。”他宣布道，再次坐到雷德里克对面，“你听说过永动机吗？”

“没有，”雷德里克说，“学校里没教过。”

“那也无妨。”“刺耳”又掏出一摞钞票，“这是给第一个样品的酬劳。”他说着撕开上面的包装纸，“每带回一个新的环箍样品，你都会得到两摞钱。明白吗，小子？两大摞。但前提是，环箍的事只能让我们知道。成吗？”

雷德里克一言不发地把钱收进口袋，然后站起身。“我要走了。”他说，“下次会面的时间和地点？”

“刺耳”也跟着站起来。“我们会打给你。”他说，“每周五上午9点到9点半之间在电话旁候着。他们会把菲尔和休的问候，以及下一次会面的安排转达给你。”

雷德里克点点头，向门口走去。“刺耳”紧随其后，将手搭在雷德里克的肩膀上。

“有件事，我希望你能明白。”他继续道，“这些东西都很好，真的令人十分着迷，至于那枚环箍嘛，也很不错。但我们最需要的是两样东西：照片和装满东西的容器。把照相机拿回来，不过胶卷要曝光，还得把陶瓷容器带回来，里面得装满东西，不能是空的。到手以后，你就再也不用进入造访区了……”

雷德里克耸耸肩，把那只手甩开，打开门离开了。他走在柔软的走廊地毯上，没有回头，但他却觉得那双从不眨动的天使般的蓝眼睛一直在盯着自己的后脑勺。他没有等候电梯，而是直接从8楼的楼梯上走了下去。

走出大都会酒店之后，他叫了辆出租车，驶向镇子的另一端。这个司机是新来的，他不认识，是个满脸粉刺的小伙子，最近涌入哈蒙特的数千人中的一员。他们来这里寻求令人毛骨悚然的冒险、数不尽的财富、国际声誉或某种特殊的宗教信仰。他们陆陆续续地来到哈蒙特，最后却一个个成为出租车司机、餐厅服务员、建筑工人和妓院保镖。他们渴望成功却缺乏才能，被懵懵懂懂的欲望所折磨，对整个世界感到愤怒、失望不已，并且坚信来到这里的遭遇，也是被生活狠狠地耍了。其中一半的人逗留一两个月之后便回家了，他们骂骂咧咧，把极度沮丧之情散播到世界的每个角落。少数人当上了潜行者，但还没搞明白怎么回事就嗝屁了，死后就变成了传奇英雄。还有一些人想办法在研究所里谋得工作，他们都是最聪明、受过最好教育的人，至少干实验室助理这样的工作绰绰有余。其余的人成立了各种政党、宗教派别和互助会，晚上则去酒吧里虚度光阴，因为意见分歧、姑娘或仅仅是为了打发时间而吵得不可开交。他们时常组织抗议和请愿活动、游行示威或罢工（包括静坐罢工、站立罢工甚至躺卧罢工）。这些行径激怒了镇上的警察、行政人员和当地居民。但他们待得越久，心情就会越平静，变得听天由命，也就越来越不在乎自己在哈蒙特的所作所为。

满脸粉刺的司机浑身散发着酒臭，眼睛红得跟兔子似的，但心情却非常激动。雷德里克刚上车，他就说起了有僵尸从墓地里爬出来，今天早晨在他们那条街上现身的事："他回到自己的老房子。可是那栋房子已经被封好些年了，他的遗孀，也就是那个老太太，还有他的女儿、女婿，以及他的外孙们，所有人都走了。邻居们说，他是大约30年前过世的，那时造访尚未发生。现在他回来了——你好啊！——他又现身人世了。他绕着房子走了一圈又一圈，把门晃得嘎嘎直响，然后在栅栏旁坐下，一动不动。一大群人聚集过去，事实上，所有的街坊邻居都围过去，呆呆地看着。当然，谁都不敢靠近半步。最后，有人想出了一个办法：把门砸开，好让他进屋。没想到，他果然站起来进去了，还顺手把房门关上了。因为我得上班，所以不清楚后续怎样。我只知道，街坊们打算给研究所打电话，好让他们把他从我们街区带走。你知道研究所的人怎么说的吗？他们说，军方起草了一项命令，如果亲属已经搬走了，就得把僵尸送到他们的新住处。那户人家肯定高兴不起来！把他当成僵尸不是没有道理的，毕竟他身上臭气熏天啊……"

"停车。"雷德里克说，"让我在这里下车。"

他在口袋里翻了翻，没找到零钱，只好破开一张百元大钞。随后，他站在大门口，等待出租车离开。伯布里奇的小舍还不赖：主楼一共两层，侧屋是用玻璃围成的台球室，还有一个精心打理的花园、一间温室，苹果树中间有一座白色凉亭。所有这些都被一道漆成浅绿色的雕花铁栅栏围了起来。雷德里克按了几下门铃，大门吱呀一声开了，他便沿着一条两旁栽满蔷薇丛的小沙径，慢慢往里走。“地鼠”已经在门廊上候着了，他满脸皱纹，皮肤深红，由于渴望为人服务而激动得浑身颤抖。他急不可待地侧过身子，伸出一只颤巍巍的脚，摸索着放到台阶上，站稳，然后用另一只脚摸索到最下面的台阶。整个过程中，他一直用那条健康的手臂指向雷德里克这边，像是在说：稍等，稍等，我这就过去。

“嘿，雷德！”花园里传来一个女人的声音。

雷德里克转过头去，在屋顶雕花的白色凉亭旁的绿树丛中，有一个肩膀被晒得黝黑、嘴唇鲜红的人正在招手。他向“地鼠”点点头，转身离开小径，穿过蔷薇丛，踏着柔软的青草，朝凉亭走去。

草坪上铺着一张巨大的红垫子，坐在上面的是迪娜·伯布里奇。她穿着迷你泳衣，懒洋洋地端着一个玻璃杯，旁边放着一本彩色封面的书，树荫下还立着一只金属冰桶，一个细长的酒瓶瓶颈从中探了出来。

“什么事啊，雷德？”迪娜·伯布里奇举起酒杯表示欢迎，“老头子呢？不会又被抓了吧？”

雷德里克走到她跟前，将公文包放在背后，停下脚步，低头欣赏着她曼妙的身姿。伯布里奇向造访区祈求得来的完美孩子确实都漂亮极了。她的肌肤如丝绸般柔软光滑，身体曲线优美，毫无瑕疵，连一磅赘肉都没有，这具120磅重、20岁的青春肉体真是妩媚动人。除此之外，她还有一双会说话的、绿宝石般的眼睛，丰润的双唇、皓白的牙齿，一头乌黑油亮的秀发漫不经心地披散到肩膀上，在阳光下闪着光泽。阳光在她身体上流淌，从肩膀流到腹部再到臀部，在她近乎全裸的酥胸之间投下一道阴影。他低下头，毫不避讳地打量着她。而她也抬头望着他，会心地笑了笑，然后将酒杯凑到唇上，抿了几口。

“想要吗？”她轻舔嘴唇，故意等了一会儿，待他反应过来这是个双关语之后，才把酒杯递给他。

他转过头，环顾四周，在树荫下看到一张躺椅，便走过去坐下，将双腿伸直。“伯布里奇在医院呢。”他说，“医生要把他的腿截掉。”

她仍然微笑着，用一只眼睛望着他，另一只眼睛藏在垂到肩上的浓密秀发后面。只不过，那副笑容已经僵住了，定格在了她那张晒成棕褐色的脸上。她呆呆地晃动酒杯，像是在倾听冰块与杯壁撞击的叮当声似的。随后，她问道：“两条腿都截掉？”

“是两条。截肢部位也许到膝盖那儿，也可能更往上。”

她放下酒杯，拨开脸上的头发，笑容已全然敛起。“真可惜，”她说，“那意味着你们……”

仅对迪娜·伯布里奇而言，他完全可以把事故的来龙去脉详细地讲给她听。他甚至可以向她讲述他是如何回到车里、如何攥住指节铜环，伯布里奇又是如何祈求他不要丢下他不管（伯布里奇如此祈求甚至不是为了他自己，而是为了迪娜和阿奇这两个孩子），以及如何向他许诺金球一事。但他什么都没说。他一声不吭地把手伸进口袋，掏出一摞钞票，丢到迪娜搭在红垫子上的那双修长的裸腿旁。钞票散开成一面彩色的扇子形状。迪娜心不在焉地捡起几张检查了一下，好像她从未见过现金，但对此又不是那么感兴趣似的。

“看来这是最后一票了。”她说。

雷德里克从躺椅上弯下腰，伸手去够冰桶，拿出酒瓶，瞥了一眼上面的标签。水珠顺着深色的瓶身滴落下来。雷德里克见状，便将其举向一侧，以免滴到他的裤子上。他不喜欢昂贵的威士忌，但这会儿喝一点倒也无妨。他刚要直接对着瓶口来上一口，突然就被身后传来的含糊不清的抗议声拦住了。他转过头，看见“地鼠”正匆忙穿过草坪，痛苦地挪动着扭曲的双腿，两只手里各端着一只高脚杯举在面前，杯里盛放着一种透明的液体。他累得大汗淋漓，深红色的脸上汗如雨下，充血的眼球都快把眼窝给撑破了。当他发现雷德里克正看着自己时，便拼命举起酒杯，同时无助且懊恼地张开没牙的嘴巴，可怜兮兮地呜呜叫唤。

“我等你，我等你。”雷德里克说着把酒瓶放回冰桶。

“地鼠”终于一瘸一拐地走了过来，把酒杯递给雷德里克，然后用爪子状的手羞怯又亲昵地拍了拍他的肩膀。

“谢谢你，迪克逊。”雷德里克认真地说，“这正是我现在需要的。你总是能调出最棒的酒，迪克逊。”

“地鼠”既尴尬又高兴地摇摇头，用那只健康的手痉挛似的拍打雷德里克的臀部。后者则郑重地举起酒杯，对他点头致意，一口喝掉半杯。他看着迪娜，对她晃晃酒杯：“想要吗？”

她没有回答。她正在把纸币对折、对折、再对折。

“别这样。”他说，“你们能挺过去。你爸爸——”

她打断他的话。“这么说，是你把他背出来的。”这不是疑问句，而是陈述句，“你拖着那个蠢货穿过了整个造访区，你背着那个人渣——你这个红头发的白痴，这么好的机会却被你浪费了！”

他看着她，全然忘掉了手中的酒。她站起来，踩着散落的钞票，越走越近，最后在他跟前停下。她双手叉腰，用散发着甜美汗水和香水味道的绝美身体，挡住他的视野。

“他让你们这些白痴乖乖听话……牺牲你们的性命，成就他自己……不信你等着，你等着，他定会拄着拐杖将你的尸骨踩在脚下，同时还对你表现出深厚的手足之情和仁慈之心！”她几乎尖叫起来，“他跟你许诺过金球的事，对吧？还要给你画张地图，把陷阱都标出来，是不是？你这白痴！从你那长满雀斑的脸上就看得出来，他跟你许诺过。你等着吧，他会把地图给你的，愿红头发白痴雷德里克·舒哈特那愚蠢的灵魂安息……”

雷德里克缓慢起身，扇了她一巴掌。她不再说话，像是双腿失灵般瘫倒在地，然后用双手捂住脸庞。

“白痴……红头发。”她含糊地说，“你错失良机了。多好的机会啊！”

雷德里克俯视着她，喝光杯中酒，连头都没回就将杯子塞给了“地鼠”。没什么可说的了。这就是伯布里奇在造访区里要花招得来的好孩子，对他真是满怀爱意和尊敬呢。

他走到街上，拦下一辆出租车，吩咐司机送他去“甜菜汤”。他得把这一切都做个了结。他现在困得要命，看什么都感觉眩晕不已。事实上，他的确一头栽到公文包上睡着了，直到司机摇晃他的肩膀，才醒过来。

“到了，先生。”

“我们在哪儿？”他一边问一边困倦地四处张望，“我跟你说要去银行。”

“不可能，先生。”司机对他怒目而视，“你说去‘甜菜汤’。这儿就是‘甜菜汤。’”

“好吧。”雷德里克嘟囔道，“那就是梦里说的去银行。”

他付过车费，下车，痛苦地挪动僵硬的双腿。天很热，人行道被太阳烤得滚烫。雷德里克热得浑身湿透了，嘴里有一股怪味，眼里也泛着泪光。进去之前，他四处看了看。跟往常一样，这个时间“甜菜汤”门前的大街上空无一人。街对面的商铺还没营业呢，严格来说，就连“甜菜汤”也是打烊的状态。不过，欧内斯特已经上班了，他一边站在吧台后面擦拭酒杯，一边面色阴郁地瞥着角落里那张桌子旁喝啤酒的三个蠢货。其余几张桌上的椅子还没放下来。一个身穿白色外套的陌生黑人正在勤勉地擦洗地板，另一个黑人正在欧内斯特身后奋力搬运一箱啤酒。雷德里克走过去，将公文包放在吧台上，打了声招呼。欧内斯特不甚友好地嘟囔了一句。

“给我来杯啤酒。”雷德里克控制不住地打了个哈欠。

欧内斯特将空啤酒杯啪嗒一声搁到吧台上，从冰箱里拿出一瓶啤酒，开盖，斜着倒置在酒杯上方。雷德里克捂住嘴，瞪着欧内斯特的手。他的手在颤抖。瓶颈不停地碰到酒杯上，叮当作响。雷德里克又看了看欧内斯特的脸。他的眼皮阴沉地低垂着，小嘴歪歪扭扭，胖乎乎的脸颊耷拉着。那个擦地的黑人将拖把伸到雷德里克脚下摆动一番。角落里那仨蠢货正在激烈争论比赛的话题。搬啤酒的家伙狠狠地撞到欧内斯特身上，力度之大，撞得他身体直晃悠。

他喃喃地向欧内斯特道歉。欧内斯特用不太自然的语气问："带来了吗？"

"带来什么？"雷德里克回头望去。

其中一个蠢货懒洋洋地站起来，走到门口，站在那里点燃一支香烟。

"咱们谈谈吧。"欧内斯特说。

拿拖把的人此刻正站在雷德里克和门口之间。他是个身材魁梧的黑人，个头跟古塔林差不多，不过肩膀比他还要宽一倍。"走吧。"雷德里克说着拿起公文包，他的睡意已经彻底消失。

他绕到吧台后面，从搬运啤酒的黑人身旁挤了过去。那人应该是压到手指头了，他一边舔着指甲，一边皱着眉头、面色阴沉地瞪着雷德里克。他也是个大块头，长着一个塌鼻子和一对菜花耳[1]。这时，那三个蠢货都站在了门口，拖地的黑人也挡住了通往储藏室的路。因此，欧内斯特只得走进里屋，雷德斯特紧随其后。

来到里屋，欧内斯特闪到一旁，弯着腰在墙边的椅子上坐下。科特布莱德上尉则从桌子后面站起身，他神色忧伤，脸色还是那么蜡黄。一名身材高大的联合国士兵从左边现身，头盔低得遮住了眼睛，他迅速对雷德里克从头到脚搜了一遍身，硕大的双手在他的口袋里翻来翻去。摸到右侧口袋时，他停了下来，掏出指节铜环，然后把雷德里克朝上尉的方向轻轻地推了推。雷德里克走到桌旁，把公文包放在科特布莱德上尉跟前。

---

① 耳朵因多次遭殴打而永远肿胀。

“你这浑蛋干得不错。”他对欧内斯特说。

欧内斯特沮丧地看着他，耸了耸肩。当前的情势很明了。两个黑人已经堵在门口，正在扬扬得意地笑着。除此之外，再无其他出口。窗户是关着的，而且被粗铁丝网给封死了。

科特布莱德上尉厌恶地扭曲着脸，双手伸进公文包里，把东西掏出来，摆到桌面上：两个超小型空盒子，16个装在塑料袋里的大小不一的黑色火花，两块保存完好的海绵，一罐碳化黏土。

“你口袋里还有别的东西吗？”科特布莱德上尉轻声问，“都拿出来……”

“你们这些浑蛋。”雷德里克说，“白痴。”

他把手伸进口袋，将一摞现金丢到桌上。钞票四散开来。

“哇！”科特布莱德上尉说，“还有别的吗？”

“你们这些可恶的家伙真该死！”雷德里克尖声说，又从口袋里掏出一摞现金，狠狠地扔到自己脚下，“拿走吧！呛死你们这帮浑蛋！”

“这话真有意思，”科特布莱德上尉平静地说，“现在给我捡起来。”

“去死吧！”雷德里克将双手背到身后，“让你的狗腿子们捡。你自己捡也行！”

“把钱捡起来，潜行者。”科特布莱德上尉用同样平静的口吻说，然后将拳头捶到桌上，支撑着自己身体前倾。

他们沉默地对视了几秒钟，随后，雷德里克低声咒骂着，不情愿地蹲下，把钱敛到手中。身后那俩黑人一阵嗤笑。那个联合国士兵恶狠狠地哼了一声。“别哼！”雷德里克说，“你是马吗？”

他双膝跪地地趴着，把钞票一张接一张地收起来，离那个暗淡的铜制门环越来越近。它正一动不动地躺在地板上一个满是灰尘的凹槽里。他转身，锁定方向，在爬行过程中继续大声咒骂，把他知道的以及现编的脏话都喊了个遍。时机一到，他立即闭嘴，绷紧身体，抓住铜环，使出浑身力气猛地拉开地板门，头朝下，双臂张开，刺溜一下钻进下面那个阴冷潮湿又昏暗的酒窖里，合上门的时候，甚至都没撞到地板上发出咔嗒一声。

他双手着地，翻了个身，一跃而起，摸黑俯身前行，凭借记忆和运气，钻进一条由一排排箱子构成的狭窄通道里。在奔跑的过程中，他撞到了箱子上，它们随即倒在身后的过道上，传来咣当咣当的声音。他跌跌撞撞地跑上黑暗的楼梯，整个身体撞向一道生锈的镀锡大门，就这样冲进了欧内斯特的车库里。他浑身颤抖，呼吸急促，眼冒金星，心脏在嗓子眼里剧烈地怦怦跳动。但他一秒钟都没耽搁。他立即跑到一个角落里，全然不顾会将手皮擦破，推倒堆积如山的垃圾，露出了藏在后面墙上的洞口。这洞口是原先的厚木板被挪走之后留下的。然后，他趴在地上，匍匐着爬了过去，其间听到了外套被扯破的刺啦声。终于来到了跟水井一样窄小的院子里。他蹲在垃圾桶旁，脱下外套，扯掉领带。他迅速打量了一下自己，掸掉裤子上的尘土，站起来，跑着穿过院子，又躲进一条散发恶臭的低矮地道。这条地道通往隔壁那个同样大小的院子。他边跑边竖起耳朵，这会儿还听不见警笛声。他加快速度，把孩子们吓得四散开来。随后，他在晾晒的衣物下面穿行，从腐烂的栅栏上的破洞里爬了出去。他想趁科特布莱德上尉还没来得及封锁这片区域尽快逃离。他对这片区域了如指掌。这里所有的院子、地窖以及已经废弃的洗衣店，都曾是他小时候的游乐园。这里到处都有他的熟人，甚至还有朋友。根据不同的情况，他可以轻而易举地在这里躲藏起来，静待事态过去，哪怕躲上整整一星期都没问题。但那绝非他胆敢在科特布莱德上尉眼皮底下“逃脱羁押”的原因，因为这样会立刻给他增加一年的刑期。

幸运的是，在第七大街上有一大群人列队行进，他们大声叫喊，弄得街上尘土飞扬。应该是某个社团组织。大约200个污秽不堪、衣衫褴褛的蠢货（既有长头发的男人，也有短头发的女人），挥舞着愚蠢的标牌。那些标牌跟他们一样又脏又破，甚至有过之而无不及，好像他们也在不停地钻栅栏的破洞，把垃圾桶里的东西倒在自己身上，又刚刚在煤箱里度过了一个疯狂夜晚似的。他从门口跳出去，冲进人群中，一路曲折前行，推推搡搡，不时踩到别人的脚趾，偶尔脸上挨一拳头，他也狠狠反击回去。他拼命挤到人群另一侧，躲进另一扇门里。就在这时，前方传来熟悉的、令人厌恶的警笛声。游行队伍立刻停下，像手风琴一样收拢起来。不过，他已经逃到另一个区域了，而科特布莱德上尉不可能知道是哪一个。

他要经过电器仓库才能到达自己的车库。工人们正在把装有电视机的大纸箱搬到货车上，于是，他只好先等一会儿。隔壁房子有一栋墙上没有窗户，墙下栽了一排矮小的丁香花丛。他便钻进花丛中，找个舒服的姿势，歇口气，抽支烟。他蹲下身子，倚在粗糙的灰泥墙壁上，贪婪地吸着烟，时而摸摸脸颊，以便止住面部的神经抽搐，同时脑子飞速旋转，左思右想。当工人们驾驶货车、鸣响喇叭开进院子里时，他哈哈大笑，对着货车轻声说道：“多谢了，伙计们，你们让我这个白痴慢下脚步……我才有时间好好思考。”此后，他虽然动作敏捷，却毫不鲁莽，每一步都深思熟虑，就跟在造访区里行动一样。

他从一条秘密通道蹑手蹑脚地进入车库，悄悄拿下旧坐垫，把手伸进筐子里，小心翼翼地取出那个包裹，塞进衬衫里。他从挂钩上抓起一件破旧的皮夹克，在墙角找到一顶油腻腻的帽子戴上，用双手拉低，遮住额头。阳光透过狭长的门缝射入昏暗的车库，光线中满是飞舞的尘埃。院子里传来孩子们兴奋欢乐的尖叫声，正当他准备离开时，突然听出了女儿的声音。他把眼睛贴在最宽的那道门缝上看了一会儿。“小猴”正挥着两个气球，绕着新安上的秋千跑来跑去。旁边的长凳上坐着三个老太婆，她们腿上搁着编织物，一边凶狠地噘起嘴唇瞪着“小猴”，一边说着嫌弃她的话。但孩子们完全没有这些歪心思，照样跟她玩得很开心，就像她一切正常似的。他给他们造了木制滑梯、玩具屋、秋千，还有那三个老太婆坐在上面的长凳……看来这些“贿赂”还是起了作用的。“还行。”他嘴唇蠕动，自言自语，离开门缝，最后看了车库一眼，然后跑着钻进了秘密通道。

在西南郊区矿工大街尽头那座废弃的加油站旁边，有一个电话亭，估计已经很久没人用过了。周围的房子都用木板封住了，从这里往南绵延不绝的，是镇子的旧废石堆。雷德里克坐在电话亭的影子里，将手伸进它底下的空隙中。他在下面摸索着，触碰到了那张积满灰尘的蜡纸和包在里面的手枪的枪柄，外壳镀锌的子弹盒、那袋手镯和装有伪造证件的钱包也还在原处。藏在这儿的物品都完好无损。他脱下皮夹克和帽子，摸了摸衬衫下面的东西。随后，他在原地坐了整整一分钟，手里掂量着那个陶瓷容器，里面装着的东西必将导致不可阻挡的死亡。他的脸又抽搐起来。

“舒哈特，”他无声地喃喃道，“你这浑蛋在干什么啊？你这个贱货，有了这东西，他们会把我们全都压烂……”他用手指按压抽搐的脸颊，但不管用。“那些混账东西，”他指的是往货车上搬运电视机的工人，“非得挡我的道……我本来可以将这个糟糕的东西扔回造访区，这样谁都不会察觉。”

他绝望地环顾四周。热空气在开裂的人行道上方颤抖着，被木板封住的窗户阴郁地瞪着他，尘土在空地上四处飘荡。四野只有他孤身一人。

“好吧。”他下定了决心，“人人为我，但只有上帝肯为人人。如今这个时代，就得这么办……”

为了不让自己再改变主意，他连忙把容器塞到帽子里，又用皮夹克把帽子包好。他跪在地上，用尽全身力气推电话亭，使其稍稍倾斜。这个厚厚的包裹刚好能放进下面小坑的底部，而且仍然有很大的未用空间。接着，他小心翼翼地把电话亭放下，用双手晃了晃，站起身，拍了拍手上的尘土。

“就这样，”他说，“放好了。”

他爬进酷热的电话亭内，投入一枚硬币，拨通电话。

“库塔，”他说，“别担心。我又被抓了。”他能听到她哆哆嗦嗦的叹息声，便连忙安慰道，“不是什么大罪，也就拘禁6到8个月……你能探监……咱们能撑过去。而且你不会因此身无分文的，他们会把钱送到你手里。”她依然没有说话。“明早他们会传唤你去司令部，咱们到时见。把‘小猴’也带过去。”他说。

“他们会来家里搜查吗？”她沉闷地说。

“他们想搜就随便搜。家里什么赃物都没有。好啦，坚强一点儿。坚持一下，别担心。既然嫁给了潜行者，就要坦然接受他被捕的事实。嗯，明天见……记住，我从来没打给你。吻你。”

他突然挂断电话，定定地站了几秒钟，紧闭双眼，用力咬紧牙关，甚至都能听到牙槽摩擦的咯咯声。然后，他又投入一枚硬币，拨通了另一个号码。

“哪位？”“刺耳”说。

“我是舒哈特。”雷德里克说，“仔细听，别打断我。”

“舒哈特？”“刺耳”用大吃一惊的语气问，“哪个舒哈特？”

“我说了别打断！我被捕了，逃了出来，现在准备去自首。他们得判我蹲上两年半或三年。那样我老婆就一贫如洗了。你得养活她，确保她不为生计发愁，明白吗？回答我，你明白吗？”

“继续。”“刺耳”说。

“在咱们第一次见面的地方附近有个电话亭。当然这儿只有一个电话亭，你肯定能找着。那个陶瓷容器就搁在它下面呢。如果你想要，就过来拿，不想要就算了。但是，一定要确保我老婆不能为生计发愁。你和我以后还要共事很多次。如果我出来之后发现你跟我耍花招……我不建议你这么做。明白吗？”

“我都明白。”“刺耳”说，“谢谢你。”他迟疑片刻，又问道：“要不给你找个律师？”

“不用。”雷德里克说，“所有的钱，一毛都不留，全给我老婆。再见。”

他挂断电话，环顾四周，将双手深深地插进口袋里，然后不慌不忙地走到被木板封住的废弃房屋之间的矿工大街上。

3

理查德 · H. 努南，51岁，

国际外星文化研究所哈蒙特分所电子设备供应商销售代理。

理查德 · H. 努南正坐在办公桌后面，在一个硕大的笔记本上胡写乱画。与此同时，他露出赞许的微笑，附和地点着秃头，但其实根本没有听来访者说的话。他的心思全放在等一个电话上了。而他的来访者，皮尔曼博士，则在慢吞吞地训斥他，或者在想象中认为自己在训斥他，也可能是在说服自己是在训斥他。

“我们会谨记在心的，瓦伦丁。”努南画完了第10组偶数，啪的一声合上笔记本，“您说得对，这种事很丢脸。”

瓦伦丁伸出一只修长的手，把烟灰轻轻地弹进烟灰缸。“你们具体会谨记什么？”他客气地问。

“哦，您说的一切呀。”努南愉快地回道，向后靠在椅背上，“每一个字。”

“那我说什么了？”

“那不重要。”努南说，“重要的是，不管您说什么，我们都会谨记在心。”

瓦伦丁（瓦伦丁·皮尔曼博士，诺贝尔奖得主）坐在努南面前的一把深色扶手椅上。他身材矮小，面容整洁，举止优雅，绒面革夹克一尘不染，裤子被熨得十分笔挺，穿着一件雪白的衬衫，戴着一条朴素的纯色领带，足蹬一双锃亮的皮鞋。他苍白的薄唇挤出一丝讥讽的微笑，一副硕大的墨镜将双眼遮住，短发乌黑粗硬，额头又宽又扁。“依我之见，他们付给你那么高的薪水真是白瞎了。”他说，“除此之外，迪克，我认为你也非常消极怠工。”

“嘘！”努南悄声说，“看在上帝的分上，别这么大声啊。”

“事实上，”瓦伦丁继续说，“我已经观察你好一阵子了。据我所知，你压根儿什么工作都没干。”

“等一下！”努南打断他，冲他晃了晃红嫩的胖手指，抗议道，“你说我‘什么工作都没干’是什么意思？你们哪次索赔没得到满足？”

“我不清楚。”瓦伦丁说，又弹了弹烟灰，“我们有时会拿到好设备，有时会拿到差设备。拿到好设备的概率更大。至于你在其中发挥了什么作用嘛，我完全不清楚。”

“要不是我，”努南反驳道，“你们拿到好设备的概率会小得多。再说了，你们这些科学家总是能把好设备弄坏。你们提出索赔之后，是谁护着你们的短儿的？就拿你们糟践的那台猎犬来说，那机器本来性能很优越，在地质勘察中表现非常出色，运行可靠，又是全自动。可你们是怎么做的？让它在极度恶劣的环境下运行，把它当赛马一样往死了骑啊……”

“既没有让它喝足够的水，也没有喂它吃燕麦。”瓦伦丁对此评论道，“你是马厩主人，迪克，不是制造商！”

“马厩主人，”努南若有所思地重复道，“这还差不多。前几年有一个帕诺夫博士在这儿工作，你可能认识他，后来他死了——话说回来，他认为我真正的使命是饲养鳄鱼。”

“我读过他的论文。”瓦伦丁说，“他是个非常认真且思维缜密的人。如果我是你，我会仔细考虑他的建议。”

“好的，有时间我会仔细考虑一下的。跟我说说昨天SK-3试运行时发生了什么吧。”

“SK-3？”瓦伦丁重复着这个词，皱起苍白的额头，“哦……那台吟游诗人啊！没什么特别的。它完全按照既定的路线进去，带回了几个手镯和一张奇怪的圆盘。”他顿了顿，“还有一枚力士牌吊带裤的搭扣。”

“什么样的圆盘？”

“钒合金的。现在还说不好。尚未表露异常特性。”

“SK干吗要把它抓起来呢？”

“问设备制造公司呗。你跟他们更熟。”

努南心事重重地用铅笔敲着笔记本。“毕竟这只是一次试运行，”他若有所思地说，“也可能是因为圆盘没电了。想知道我的建议吗？把它扔回造访区，过个一两天，派猎犬进去捡回来。我记得前年——”

这时，电话响了。努南立刻把瓦伦丁晾在一边，抓起听筒。

“努南先生，”秘书说，“莱姆辰上将又打过来了。”

“转过来。”

瓦伦丁站起来，将熄灭的烟头放进烟灰缸，两根手指在太阳穴一捻，以示告别，然后出去了。从他的背影可以看得出来，他身材矮小，腰背挺直，身材健美。

“是努南先生吗？”熟悉的声音慢吞吞地问。

“请讲。”

“上班时间找你可真难啊，努南先生。”

“刚到了一批货……”

“是的，我已经知道了。努南先生，我要在镇上稍许逗留。有几个问题需要跟你面谈。我指的是跟三菱电子最新的那份合同，法律条款部分。”

“我听候吩咐。”

“那好，如果你不介意的话，半小时后在我办公室见。你方便吗？”

“可以。半小时之后见。”

理查德·努南放下听筒，站起身，搓着厚实的双手，在办公室里踱来踱去。他甚至哼起了一首流行歌曲，但起调太高了，便自嘲地微微一笑。随后，他拿起帽子，把雨衣搭在胳膊上，来到外面的等候室。

“亲爱的，”他对秘书说，“我得出去拜访一个人。从现在起，这里你说了算。请你坚守岗位，我给你带巧克力回来。”

秘书立刻精神起来。努南给她一个飞吻，然后沿着研究所走廊步履轻快地往外走。好几次都有人想拦下他，但都被他躲开了，用玩笑话搪塞过去，同时叮嘱他们，哪怕他不在，也要坚守岗位，悠着点儿，别过度劳累。最后，他避开了所有人，大步流星地走出大楼，用一贯的动作朝警卫挥了挥没开封的通行证。

小镇上空乌云密布。天气很闷热，憋了许久的雨终于下了，雨滴落到人行道上摊开成一个个小黑点。努南把雨衣披在脑袋和肩膀上，沿着长长的一排汽车小跑到标致车旁，钻进车里，从头顶掀开雨衣，扔到后座上。他从外套侧兜里拿出一个黑色的圆形外星电池，插入仪表盘上的一个插孔里，用大拇指推送进去，直到听到咔嗒一声。他扭扭屁股，让自己坐得舒服一些，然后踩下油门。标致车无声地驶入街道中央，向禁区出口疾驰而去。

暴雨骤至，好像天空中一个巨大的水桶被掀翻了似的。道路变得很滑，一转弯就打滑。努南打开雨刮器，减慢车速。看来他们已经收到报告了，他心想，他们会赞扬我，我喜欢被赞扬，尤其是来自莱姆辰上将的赞扬，不管是不是他亲口对我说。真有意思。人为什么喜欢被赞扬呢？又不会给钱。难道是为了名声？人能有多出名呢？他已经出名了：现在已经有3个人知道他了。如果算上拜利丝的话，就是4个。人类真可笑啊，对吧？我猜人类就是喜欢赞扬本身，就跟孩子喜欢冰激凌一样。这是一种自卑情结，就是这么回事。赞扬能减轻我们的不安全感。虽然荒谬，但事实如此。我怎么会有自己的见解的呢？我——又老又胖的理查德·H. 努南——还不了解我自己吗？顺带一提，中间那个“H”代表的是什么？真难回答啊！也没有什么人可以问。我总不能去问莱姆辰上将吧……

哦，想起来了！“H”代表的是“赫伯特”。理查德·赫伯特·努南。天哪，真是大雨倾盆啊。

他拐到中央大街上，脑子里突然冒出一个念头：小镇这几年变化太大了！到处都是摩天大楼……那边还有一座正在建。那栋新楼叫啥来着？哦对，月神大厦，要以全世界最棒的爵士乐和各种表演为特色，而且还会设一个能容纳上千人的妓院，都是专门为我们英勇的部队和勇敢的游客准备的，尤其是有钱人，还有那些高贵的科学骑士。与此同时，郊区却变得空空荡荡。归来的僵尸再也无处可去了。

“复活的死人将无家可归，”他一字一顿地说，“这就是为什么他们如此悲伤，难以对付。”

嗯，我很想知道这一切将如何结束。顺便一提，我10年前就已经准确料想到后来发生的事了：不可逾越的警戒线；50英里宽的隔离区；除了科学家和士兵，再无其他人在内；地球表面的一个可怕伤口被永久地封锁起来……有趣的是，好像所有人都料想到了，不只是我。我们发表了那么多的演讲，提出了那么多的议案！可现在呢，你甚至都不记得那些钢铁般团结一致的意见是如何突然在稀薄的空气里蒸发殆尽的了。一方面，我们不得不接受；另一方面，我们也无从争辩。这一切好像都是从潜行者把第一批外星电池从造访区里带出来之后开始的。那些电池——没错，我觉得就是从那时开始的。尤其是当人们发现这种电池可以自我繁殖的时候。如此一来，这地方并非大家原来所认为的那种伤口，它可能跟伤口完全不搭边，更像是一座宝藏——但到了今天，没人确定它到底是个什么。伤口？宝藏？恶魔的诱惑？潘多拉盒子？一个怪物？抑或是恶魔本身？我们一点一点地利用它。我们努力了20年，耗费了数十亿美元，却依然没有消灭有组织的盗窃行动。每个人都拿这个当副业赚钱，与此同时，那些学者却在傲慢地高谈阔论：一方面，我们不得不接受；另一方面，我们也无从争辩，因为其中的某某物体，当我们用X射线以18° 的角度照射时，它会从22° 的角度射出准热电子。见鬼去吧！反正我又活不到这一切结束的那天。

汽车从“秃鹫”伯布里奇的家门前驶过。因为暴雨，整栋房子都亮着灯，透过二楼的窗户，在美丽的迪娜的房间，可以看到有人在音乐中翩翩起舞。他心想，他们不是天一亮就起床，就是从昨晚一直狂欢到现在。这是时下镇上的新潮流：昼夜不停的派对狂欢。这一代的孩子全都精力旺盛，他们不辞辛劳、不知疲倦地消遣着时光……

努南把车停在一栋不起眼的大楼前，墙上挂着一块不起眼的标牌，上面写着：科什、科什和塞马克律师事务所。他取出外星电池，放进衣兜，再次把雨衣披在头顶，抓起帽子，一头冲了进去。他从全神贯注看报的门卫身边经过，爬上铺着旧地毯的楼梯，然后沿着二楼漆黑的走廊跑了起来，脚后跟踏在地板上，发出啪嗒啪嗒的响声。走廊里弥漫着一股奇特的臭味，他很久以前就放弃辨认这是什么味道了。他打开走廊尽头的那道门，进入等候室。秘书办公桌后面坐着一个陌生的、皮肤黝黑的年轻人。后者没穿外套，衬衫袖子挽了起来，此刻正在把一台复杂电子设备大卸八块，鼓捣着里面的零件——这台设备取代了桌上原来那台打字机。理查德·努南把雨衣和帽子挂在钩上，捋了捋残存的头发，然后探寻似的看着年轻人。后者点点头，努南便推开了办公室的门。

莱姆辰上将正坐在窗帘旁边那把硕大的皮垫扶手椅上。见努南进来，他腾的一下站起来前去迎接。他长着方下巴，颇有军人气质的脸庞皱起一团褶子，像是在欢迎努南的到来，也可能是在表达对天气的不满，或是在竭力抑制住打喷嚏的冲动。“哦，你来啦。”他慢吞吞地说，“快进来，请坐。”

努南环顾四周，想找个地方坐下，但只在桌子后面看到一把梆硬的直背椅可坐。于是，他便坐到了桌沿上。不知怎的，他愉快的心情正逐渐消散，他也不知道是什么原因。忽然间，他意识到今天不会听到赞扬了。他将会得到相反的待遇。莱姆辰上将要发怒，他冷静地想到，并在心里做好了最坏的打算。

“想抽烟就随便抽。”莱姆辰上将又坐回扶手椅上。

“不用了，谢谢，我不抽烟。”

莱姆辰上将点点头，他的表情证实了努南最坏的猜测。他搭起指尖，仔细观摩了一会儿双手呈现的形状。

“我想今天就不讨论三菱电子公司的法律事务了。”他终于开口道。

他在开玩笑吧。理查德·努南爽快地笑了笑，回道：“悉听尊便！”坐在桌子上非常不舒服，双脚够不到地板，桌沿硌得他屁股生疼。

“我很遗憾地通知你，理查德，”莱姆辰上将说，“你的报告给上级留下了极好的印象。”

“哦。”努南嘟囔一声。莱姆辰上将马上就要爆发，他心想。

“他们甚至打算给你颁发一枚勋章。”莱姆辰上将继续说，“但我建议他们再等等，我这么做是对的。”他终于将目光从双手上移开，皱起眉头盯着努南：“你想知道我为什么如此谨慎吗？”

“您应该有您的考量。”努南闷声闷气地说。

“是的，我有。我们通过你的报告知道了什么呢，理查德？大都会帮派被清除了，你功不可没。整个青花帮被当场抓获，干得漂亮，也是你的功劳。还有瓦尔帮、夸西莫多帮、巡回音乐家帮以及其他我记不住名字的帮派，因为意识到迟早会被逮捕，便全都‘关门大吉’了。这都是不争的事实，一切都通过其他消息来源得到了证实。战场已被清理干净。这是你的胜利，理查德。敌人狼狈溃退，损失惨重。我的表述没错吧？”

“无论如何，”努南小心翼翼地说，“在过去的3个月里，从造访区到哈蒙特的赃物交易被彻底阻断了……”他又补充说，“至少我得到的消息是这样。”

“敌军已经撤退了，对不对？”

“呃，如果您非要这么比喻的话，是的。”

“错！”莱姆辰上将说，“问题是，还有一个敌人从未撤退。这一点我很清楚。而你却匆忙地提交了一份捷报，理查德，这表明你还不够成熟。这正是为什么我建议他们不要这么快给你颁奖。”

你跟你的颁奖见鬼去吧，努南心想，他晃着腿，闷闷不乐地看着锃亮的鞋尖，用金属做你的勋章都是一种浪费。少跟我在这儿说教，也别摆出一副居高临下的姿态，哪怕没有你，我也十分清楚对付的是什么人，我不需要你喋喋不休地教育我敌人是什么样的。你就直截了当地告诉我：我是在何时、何地、如何把事情搞砸的……那些狗杂种又偷出什么赃物来了……他们什么时间、在什么地方又发现了墙上的裂缝。还有，别跟我拐弯抹角，我不是毛头小子，我已经年过半百了，我来这儿也不是为了得到你那该死的勋章。

“你听说过金球吗？”莱姆辰上将突然问道。

我的天啊，努南懊恼地想，这跟金球有什么关系？你他妈能不能别这么傲慢地跟我讲话。“金球是个传说，”他用平静的语气说，“是造访区里的一个神秘物体，以金色球体的形态显现。据传，它能实现人类的愿望。”

“任何愿望都行？”

“根据这个传说公认的版本，是的，任何愿望都行。不过说法也多种多样。”

“好的。”莱姆辰上将说，“你听说过死亡之灯吗？”

“8年前，”努南声音低沉地说，“一个叫斯蒂芬·诺曼的潜行者，绰号‘四眼’，从造访区里带回一样装置，据人们所知，它含有一种对地球生物致命的射线发射系统。‘四眼’想把那台装置卖给研究所，但他们在价格上谈崩了。后来，‘四眼’又去了一次造访区，便再也没回来过。目前那台装置下落不明。研究所的人一想到这事儿就懊恼不已。大都会帮的那个休，您对这人也很熟悉了，他曾经想买，不管花多少钱都愿意。”

“就这些？”莱姆辰上将问。

“就这些。”努南回道。他动作夸张地环顾四周。屋里陈设单调，根本没什么可看的。

“好吧。”莱姆辰上将说，“还有，你听说过‘龙虾眼’吗？”

“什么眼？”

“‘龙虾眼’。龙虾。你知道吧？”莱姆辰上将用手指做出一个剪东西的动作，“有钳子的那种。”

“这还是我第一次听说。”努南皱着眉头说。

“嗯，关于‘咯咯作响的餐巾纸’，你知道什么？”

努南从桌子上下来，双手插兜，正对着莱姆辰。“我什么都不知道。”他说，“您呢？”

“很可惜，我也什么都不知道。关于龙虾眼和咯咯作响的餐巾纸，我都一无所知。但是，它们的确存在。”

“在我的造访区里？”努南问。

“坐下，坐下。”莱姆辰上将冲他摆摆手，“咱俩的对话才刚刚开始呢。坐下。”

努南绕到桌子后面，坐在那把梆硬的直背椅上。他到底想干什么？努南紧张地想。到底怎么回事？也许是他们在其他造访区发现了一些东西，而他现在是在跟我耍花招，这王八蛋，希望他下地狱。他一直就很讨厌我，老浑蛋，总是不忘讽刺我。

“继续咱们的小查问吧。”莱姆辰上将宣布道，他拉开窗帘，望向窗外。“倾盆大雨，”他说，“我喜欢。”他放下窗帘，倚靠在扶手椅上，然后瞪着天花板，问，“老伯布里奇最近怎么样？”

“伯布里奇？‘秃鹫’伯布里奇还处于监视中。他瘸了，很有钱，跟造访区毫无关联。他拥有4家酒吧、一个舞蹈工作室，还为驻军军官和游客组织野餐活动。他女儿迪娜生活放荡。他儿子亚瑟刚从法学院毕业。”

莱姆辰上将满意地点点头。“非常简明扼要。”他称赞道，“那个马耳他的克瑞翁近来如何？”

“为数不多的活跃的潜行者之一。他跟夸西莫多帮联系甚密，现在是通过我将赃物兜售给研究所。我暂且让他随便进出造访区，总有一天会有人借此把他拿下。可惜，他最近喝酒很凶，恐怕活不了多久了。”

“他跟伯布里奇有联系吗？”

“一直在追求迪娜。但没成功。”

“很好，”莱姆辰上将说，“雷德·舒哈特最近怎么样？”

“他一个月前刚出狱。经济上没有困难。他想移民，但他有……”努南犹豫片刻，“总之，他有些家庭问题，没时间去造访区。”

“就这些？”

“就这些。”

“不够多啊。”莱姆辰上将说，“‘幸运儿’卡特呢？”

“他已经好些年没做潜行者了。现在卖二手车，还开了一家汽车改装店，改装后能用外星电池提供动力。他有4个孩子，妻子去年去世了。岳母还在世。”

莱姆辰上将点点头。“嗯，老一辈的潜行者当中，还有我没提到的吗？”他和蔼地询问道。

“还有乔纳森·迈尔斯，绰号‘仙人掌’。他目前在医院里，患了癌症，快死了。还有古塔林——”

“对、对，古塔林怎么样了？”

“跟以前一样。”努南说，“他有个团伙，一共三人。他们经常进造访区，一待就是好几星期，每发现一样东西，就毁掉它。但他以前那个‘战争天使’团体已经分崩离析了。”

“为什么？”

“这个嘛，你还记得吧，他们原来会买下赃物，古塔林将其拖回造访区，亦即把撒旦的东西还给撒旦。可现如今，再也没什么东西可买了，而且，新上任的研究所所长已经派警察监视他们了。”

“我知道了。”莱姆辰上将说，“年青一代的潜行者呢？”

“哦，年青一代的啊……他们有来的，也有走的。其中五六个有些经验，但最近找不到买家，他们搞不懂为什么会这样。我在一点一点地驯服他们。长官，我的造访区里基本上没有潜行者了，可以这么说。老一辈的都不干了，年青一代又一窍不通，最重要的是，这门手艺的声望已今非昔比。有了机器人潜行者，科技即将派上用场。”

“是的，是的，我听说过这个。”莱姆辰上将说，“不过，这些机器人消耗的能量，远超它们所带来的价值。我说错了吗？”

“那只是时间问题。它们很快就会物有所值。”

“还得多久？”

“五六年吧。”

莱姆辰上将又点点头：“顺带一提，你可能尚未耳闻：敌人也已经开始使用机器人潜行者了。”

“在我的造访区？”努南竖起耳朵问道。

“在你的造访区里也有。情况是这样的，他们把基地设在雷索波利斯，用直升机飞越群山，将设备运到蛇峡、黑湖和巨石峰的山麓。”

“但那都属于造访区的外围了，”努南疑惑地说，“那边空空如也，他们能发现什么？”

“很少，非常少，但确实发现了点儿东西。不过，我只是说一下情况，跟你没多少关系。哈蒙特几乎没有职业潜行者了。剩下的人已经跟造访区再无瓜葛。年青一代一头雾水，且目前正在被你驯服。敌人被打败了，被击退了，正躲在某处舔舐伤口。市面上几乎没有赃物，即便有，也没人买。来自哈蒙特造访区的物资非法偷运已经有3个月毫无动静了。对吗？”

努南沉默不语。到时候了，他心想，上将即将爆发。但是，我到底漏掉哪一节了呢？一定是疏忽大意了。好吧，快点儿，快点儿爆发吧，你个王八蛋！别磨磨叽叽的……

“你还没回答我。”莱姆辰上将说，抬起一只手，捂住他那毛茸茸、皱巴巴的耳朵。

“行了，长官，”努南阴郁地说，“真是够了。您已经吊着我好一会儿了，有什么话就直说吧。”

莱姆辰上将轻轻地清了清嗓子。“你根本没什么可自我辩护的。”他的语气骤然严厉起来，“你傻杵在那里，在我这当官的面前呆若木鸡，但你知道前天我是什么感觉吗——”他顿时中断，站起身，步履沉重地走向保险箱，“简言之，仅仅根据我们的线报，在过去的两个月里，敌军就已经从各个造访区里拿到了6000多件物品。”他在保险箱前停下脚步，抚摸着它上了漆的侧面，然后转向努南。“别自欺欺人了！”他怒吼道，“伯布里奇的指纹！马耳他人的指纹！‘鼻子’本–哈列维的指纹，这人你甚至都懒得跟我提及！还有‘鼻骨’哈雷什和‘侏儒’兹米格的指纹！你就是这么驯服那帮年轻人的？！赃物里有手镯！针！白陀螺！你要是还嫌不够多，还有龙虾眼、母狗拨浪鼓、咯咯作响的餐巾纸！这一切的一切！都他妈见鬼去吧！”

他再次停顿，回到扶手椅上，指尖相抵，客气地问道：“你对此有什么想法，理查德？”

努南掏出手帕，擦了擦脖子和后脑勺上的汗。“我没有任何想法。”他诚实地低声回答，“真抱歉，长官，我现在……让我喘口气……伯布里奇！我敢拿我一个月的薪水打赌，伯布里奇跟造访区绝无牵连！我知道他的一举一动！他在湖边组织野餐和酒会，他赚了很多钱，根本不需要——不好意思，我现在像是在胡说八道，但我发誓，自从伯布里奇出院以后，我就一刻不停地盯着他。”

“我不想再耽搁你了，”莱姆辰上将说，“给你一星期的时间准备一下，届时再跟我解释解释，你那片造访区里的东西究竟是如何落入伯布里奇和其他社会败类手中的。再见吧！”

努南站起来，对莱姆辰上将的侧脸怯生生地点点头，又擦了擦汗淋淋的脖子，然后逃离办公室，来到外面的接待区。那个皮肤黝黑的年轻人正在一边抽烟，一边若有所思地凝视着被拆开的机器的内部结构。他匆匆朝努南瞥了一眼，眼神茫然，却像是把努南看穿了。

理查德·努南毛手毛脚地戴上帽子，抓起雨衣，搭在胳膊上，匆忙离开了。这种事以前从未发生在我身上，他怒气冲冲，思绪混乱且支离破碎。你们饶了我行不行！“鼻子”本-哈列维！他竟然已经有自己的绰号了……什么时候的事？那蠢蛋，一阵强风就能把他撕成两半……他还是个鼻涕横流的臭小子呢——不，有什么事不太对劲儿！“秃鹫”，真该死，你这没腿的杂种！你这次真把我给害惨了！让我毫无防备地陷入窘境，下不来台。这到底是怎么发生的呢？根本不可能嘛！就像在新加坡那次，我的脸被人狠狠地摔在桌子上，脑袋被死命地往墙上撞……

他上了车，气得昏头昏脑，在仪表盘下面摸索了好一会儿，试图找到点火开关。帽子上的雨水滴落到膝盖上，于是他便摘下帽子，随手往后座一扔。大雨顺着挡风玻璃倾泻而下，不知何故，理查德·努南一直在想，头昏脑涨应该是他不知道下一步该怎么办的原因。意识到这一点之后，他用拳头砸了一下自己的光头。管点儿用。他立刻想起来，车上没有点火开关，而且压根儿就不可能有。他的衣兜里有一块外星电池，那是一种永续电池。他得从兜里掏出来，插入插孔，之后，他至少可以把车开走，离这个地方越远越好。楼上那个老浑蛋肯定正在透过窗户盯着他呢……

努南掏出外星电池，那只手突然半路定住了。很好，最起码我知道切入点是什么了。我要先从他开始。唉，我该怎么从他下手呢！他甚至不知道自己会遭遇什么。我将会从中获得极大的乐趣！他打开雨刮器，沿着大街疾驰而去。前方基本上什么都看不清，但他的情绪已经平静下来。行吧，就像新加坡那次那么处理吧。毕竟，那次的结果还算不错。你的脸被人狠狠地摔到了桌子上，但那其实没什么大不了的。当时的情况说不定会更糟糕呢，没准儿被摔的不是你的脸，也不一定把你摔到桌子上，而是某个钉满钉子的东西……天哪，对于这件事的处理方式可以非常简单！我们可以逮捕那帮杂碎，关上几十年——或者把他们驱逐出去！如今在俄罗斯，人们甚至从未听说过有潜行者在做非法勾当。那边的造访区周围有一圈名副其实的无人地带，宽度达100英里，里边一个人都没有，既没有这些讨厌的游客，也没有伯布里奇。把解决办法想简单点儿，先生们！我发誓，这根本不需要多复杂。造访区里不能有非法盗取，再见吧，我要把你们发配到那101英里的无人区。好了，开车别走神。我的小店在哪儿呢？什么都看不见……哦，在那儿呢。

这个时间店里不忙，但“5分钟”和大都会一样灯火通明。理查德·努南像条落水狗似的甩掉身上的雨水，走进亮堂堂的大厅，里面弥漫着烟草、香水和过期香槟的味道。老本尼还没换上制服，此刻，他正坐在正对门口的桌子旁，手里握着叉子，狼吞虎咽地吃东西。鸨母站在他对面，将那对硕大的乳房搁在空玻璃杯之间，居高临下、满脸阴郁地看着他吃。昨晚营业后，大厅到现在还没打扫干净。努南刚进去，鸨母立即把她那张浓妆艳抹的大脸转了过去，不悦的神情迅速消失，摆出一副职业性微笑。“哈！”她大声喊道，“努南先生大驾光临！想这儿的姑娘了？”

本尼仍然在狼吞虎咽。他聋得什么也听不见。

“你好，老妈妈！”努南一边说，一边向她走近，“我面前就有一位大美女，哪里还需要其他姑娘啊。”

本尼终于注意到努南来了。他那张红蓝疤痕纵横交错的丑陋的脸努力挤出一个欢迎的微笑。“您好，老板！”他呼哧呼哧地说，“进来把衣服晾干吧？”

努南笑了笑，冲他挥挥手。他不喜欢跟本尼说话，因为总得大声叫喊对方才能听到。“我的经理呢，伙计们？”他问。

“在他的办公室。”鸨母回答说，“明天是纳税日。”

“哦，税金的事啊！”努南说，“好吧。鸨母，倒一杯我最喜欢的酒。我去去就来。”

他踩在厚厚的合成纤维地毯上，沿着走廊静悄悄地往里走，途经那些拉着窗帘的小隔间。小隔间旁边的墙上挂着些图片，上面画着各种花卉。最后，他来到走廊尽头，没敲门，便直接推开了那扇用皮革包着的门。

“大拳头”基蒂正坐在办公桌后面，对着镜子检查鼻子上那个瘆人的脓疮。对于明天是不是纳税日，他根本不在乎。他面前的桌上只有一罐汞软膏和一杯透明液体。“大拳头”基蒂抬起那双布满血丝的眼睛，一看到努南，立刻跳将起来，把镜子丢在一边。努南一声不吭地坐在他对面的扶手椅上，静静地端详着那个无赖，听他语无伦次地嘟囔着这该死的雨和他的风湿病。随后，努南说：“请把门锁上，伙计。”

“大拳头”把那双扁平的大脚踩在地上，噔噔噔跑到门口，转动钥匙，锁好门，回到桌子旁。他像一座毛茸茸的山脉似的耸立在努南跟前，全神贯注地盯着他的嘴巴。努南继续眯着双眼审视对方。不知怎的，他突然想起来，“大拳头”基蒂的真名叫拉斐尔，绰号“大拳头”源自他那对很有骨感的硕大拳头，攥起来的时候蓝中带红，一根毛都没有。从拳头往上，是两条毛发旺盛的胳膊，看上去跟一对袖子一样。他给自己起名叫基蒂，是因为他百分之百自信地认为，这是伟大的蒙古国王的惯用名。拉斐尔。行吧，拉斐尔，咱们开始吧。

“情况怎么样？”努南亲切地问。

“井井有条，老板。”“大拳头”拉斐尔匆忙回道。

“总部那件丑事，你平息了吗？”

“花了150大洋。皆大欢喜。”

“这150块钱你自个儿出。”努南说，“本来就是你的错，伙计。你应该对此有所留意才对。”

“大拳头”做出一副痛苦的表情，摊开那双大手，以示服从。

“大厅里的硬木地板该换了。”努南说。

“好的。”

努南停顿片刻，噘起嘴唇。“有赃物到吗？”他压低声音问道。

“有一些。”“大拳头”也跟着压低声音。

“给我看看。”

“大拳头”飞奔向保险箱，从中取出一个包裹，放到努南跟前的桌面上，然后打开包装。努南把一根手指伸进那堆黑色火花里，拿起一只手镯，从各个角度检查一遍，又放了回去。

“就这些？”他问。

“他们只送了这点儿。”“大拳头”内疚地说。

“‘他们只送了这点儿’。”努南重复道。

他用鞋尖使劲踢了一下“大拳头”的小腿。“大拳头”一声惨叫，想弯腰去摸受伤的部位，但随即又直起身体，立正站好。努南像是有人捅了他屁股一刀似的，猛地跳起来，踢开扶手椅，抓住“大拳头”的衬衫领子，凑到近前，一边踢他，一边翻着白眼，同时低声骂娘。“大拳头”气喘吁吁地呻吟着，像一匹受惊的马一样扬起脑袋，向后退却，最后瘫倒在沙发上。

“你这狗杂种，是不是两头通吃呢？”努南瞪着他惊恐的泛白的眼睛，愤怒地低声说，“伯布里奇的赃物数不胜数，你却只给我带了这么一小包珠子？”他转过身，对准“大拳头”鼻子上的脓疮，狠狠地揍了一拳。“我要把你送进监狱！你会住进粪堆里……天天吃屎……你会恨不得从来没出生过！”努南又狠狠地戳了一下他的疮口，“伯布里奇是怎么拿到那么多赃物的？为什么他们把赃物给他，而不是给你？赃物是谁送的？我为什么一点儿都不知道？你这头毛茸茸的臭猪到底给谁干活？告诉我！”

“大拳头”像鱼一样嘴巴一张一合。努南松开他，坐回扶手椅上，把脚搭在桌子上。

“说话啊。”他说。

“大拳头”把流出来的鼻血大声地吸回去，然后说：“说真的，老板——到底怎么回事啊？伯布里奇有什么赃物啊？他什么都没有啊。现如今，谁的手上都没有赃物。”

“你还敢跟我顶嘴？”努南把脚放下来，表面和善地说。

“不敢，不敢，老板……我发誓，”“大拳头”慌忙说，“老天做证！跟您顶嘴？我压根儿就没想过。”

“我要炒你鱿鱼。”努南阴沉地说，“因为你要么偷偷把赃物卖光了，要么就是不懂怎么工作。既然你是这么个懒鬼，那我留你还有何用？像你这样的人，我随随便便就能招到几十个。我需要一个真正能挑大梁的家伙，而你只会花天酒地寻欢作乐。”

“等一下，老板。”满脸是血的“大拳头”争辩道，“干吗突然揍我？咱们先把事情捋清楚。”他用指尖轻轻触碰那个疮口，“您刚才说，伯布里奇有很多赃物？我对此一无所知啊。当然，在这一点上，我该跟您道歉，但这一定是有人在跟您开玩笑。现在谁的手里都没有赃物了。只有啥都不懂的毛孩子才敢进入造访区，而且只要进去，基本上就再也出不来了……真的，老板，我发誓，一定是有人在跟您开玩笑。”

努南用眼角的余光瞥着他。看样子，“大拳头”好像真的什么都不知道。不管怎样，“秃鹫”给他的报酬不会很丰厚，不值得他撒谎。“他举办的野餐活动，赚钱吗？”他问。

“野餐？不怎么赚钱。利润很低的——不过，现在镇上本来就没什么赚钱的活计。”

“那些野餐活动都在哪儿举行？”

“在哪儿举行啊？很多地方呢。白山、温泉、彩虹湖……”

“他的客户都有谁？”

“客户？”“大拳头”又摸摸疮口，看了看自己的手指，然后压低嗓音神秘地说，“老板，如果您是想进入他那个行当，我建议您别干。您竞争不过‘秃鹫’。”

“为什么？”

“跟他的客户有关。一是警察。”“大拳头”摆弄手指数着数，“二是司令部里的军官。三是大都会、白百合和异域这几家酒店的游客。他的口碑很好，就连本地人也找他承办。我发誓，老板，掺和进去不值得。而且，他还抠门得很，雇咱们这儿的姑娘也给不了多少钱。”

“本地人也找他？”

“大部分是年轻人。”

“你们在野餐时都干些什么？”

“我们干什么？我们乘坐公交车抵达，知道吧？到的时候，他们已经支好了帐篷，摆好了食物，准备好了音乐。每个人都会找找乐子。军官们基本上喜欢跟姑娘们玩儿。如果野餐地点在温泉的话，游客则会成群结队地去看造访区，造访区离那里只有一箭之遥，过了硫黄峡谷即是。‘秃鹫’在那边撒了好些马骨，以便让游客举着望远镜寻找。”

“本地人呢？”

“本地人？本地人对这个一点儿也不感兴趣。他们都自娱自乐。”

“伯布里奇呢？”

“伯布里奇怎么了？他跟其他人都一样。”

“你呢？”

“我？我也跟其他人都一样啊。我要确保没人纠缠姑娘们，还有……呃……呃……总之，我跟其他人都一样。”

“这种活动一般持续多久？”

“看情况。有时3天，有时整整一星期。”

“这趟寻乐之旅花费多少？”努南的心思已经完全转到别的事情上面了。

“大拳头”回答了他，但努南根本没在听。他心想，我的疏忽之处，就是在那会儿。连续几天几夜，在那样的情况下，哪怕你全神贯注地盯着，而不是像我的“蒙古国王”一样忙着跟姑娘们寻欢作乐，痛饮啤酒，也不可能百分之百掌握伯布里奇的行踪。但我还有一点想不明白。他没有腿啊，而且还隔着一道峡谷——不，肯定有什么环节没有想到。

“常去的本地人都有谁？”

“本地人？正如我刚才所说，基本上都是年轻人，就是镇子上那些小流氓。比如哈列维、拉吉巴、‘鸡仔’扎普法，还有一个，叫啥来着……对，兹米格。有时候马耳他人也去。这是个很紧密的小团体。他们把野餐活动称为‘主日学校[①]’。‘咱们去主日学校吧。’他们通常会这么说。他们去那里，主要是为了那些女游客，要赚她们的钱很容易。比如，一位从欧洲来的老太太——”

“‘主日学校’……”努南重复道。

他脑海里突然闪出一个奇怪的念头。学校。他站了起来。

“好吧，”他说，“去他妈的野餐活动。那不适合咱们做。你需要知道的是，‘秃鹫’手里有赃物，这生意是咱们的，伙计，决

① 基督教堂或犹太教堂在星期日为儿童提供宗教教育的课堂。

不允许被别人截和。继续盯着，‘大拳头’，好好盯着，不然你就滚蛋吧。查明白他是从哪儿获取赃物的，是谁给他供的货，然后比他多出20%的价格，把货拿下。明白没？”

“明白了，老板。”“大拳头”还在保持立正姿态，鲜血淋漓的脸上写满忠诚。

“还有，别再糟蹋姑娘了，你这个禽兽！”努南咆哮道，然后出去了。

他站在大厅的吧台旁边，悠闲地啜饮开胃酒，和鸨母聊起道德败坏的话题，并暗示说，他打算在不久的将来扩大公司规模。为了吸引鸨母的注意力，他压低嗓门，向她请教该拿本尼怎么办：这家伙年事已高，听力近乎完全丧失，做事反应太慢，不能再像以前那样管理了……6点了，他已经饿了，但刚才那个奇怪的念头还在脑子里转来转去，令他烦闷不堪。这个想法煞是怪异，但很多事情都能解释得通。不过，大部分问题已经有解释了。对他来说，这桩生意原本那道恼人且令人恐惧的神秘光环已经消散，只剩下对自己的懊恼：他为什么之前就没想到这一点呢？但这并不重要。重要的是，那个念头在他脑子里不停地转啊转，让他一刻也不得安宁。

努南先是跟鸨母道别，又和本尼握了握手，便驱车直奔“甜菜汤”。问题在于，我们没有注意到时间的流逝，他心想。别说他妈的时间了，我们根本就没注意到情况已经大不相同。我们知道世事多变，打小就有人告诉过我们，我们也曾多次目睹事物变化，但真到了变化来临的时刻，依然对此毫无察觉，或者去了完全错误的方向找寻变化。用科技武装的新一代潜行者出现了。如果说老一辈潜行者是个阴郁、脏兮兮的家伙，倔强得像头骡子，在造访区里匍匐着一寸一寸地爬行，以此养家糊口。那么，新一代潜行者就是个戴着领带的花花公子，是一名工程师，坐在距离造访区1英里以外的地方观看监视器里的一举一动，他嘴里叼着根烟，胳膊肘边放着一杯鸡尾酒——一看就是个领薪水的人。这幅画面多么顺理成章啊，仿佛其他可能性根本就不存在。不过，其他可能还是有的，比如说，主日学校。

突然间，不知什么原因，他的心中涌起一股绝望的情绪。一切努力都是白费，一切都毫无意义。我的天啊，他心想，我们什么也干不了！我们无法阻止它，无法减慢损害的速度！他惊恐地想，世界上没有任何力量可以遏制这种破坏。并不是因为我们的工作做得不好，也不是因为他们比我们更聪明、更狡猾，而是因为世界本来就是如此。人类就是这样。即便不是造访激发出了这一面，也会有别的事情。猪总能找到烂泥。

“甜菜汤”里灯火通明，香气扑鼻。这个酒吧也变了，再也没人豪饮和狂欢了。古塔林对这里嗤之以鼻，早就不来了。雷德里克·舒哈特很可能把他那张长满雀斑的脸探进来过，结果皱皱眉就出去了。欧内斯特还在监狱里，他老婆很喜欢执掌大权：这家店有一个稳定的、数量不少的客户群，整个研究所的人都来这儿吃午饭，高级军官也是。这里的卡座很舒适，食物很美味，价格适中，啤酒总是很新鲜。是个不错的老式酒吧。

努南看到瓦伦丁·皮尔曼坐在其中一个卡座里。这位诺贝尔奖得主正在一边喝咖啡，一边读着一本对折起来的杂志。努南走到近前。“我可以坐在这儿吗？”他问。

瓦伦丁抬起头，透过墨镜看着他。“啊，”他说，“请便。”

“稍等片刻，我先去洗一下手。”努南忽然想起他碰过“大拳头”的脓疮。

这儿的人都认识他。当他回来坐在瓦伦丁对面时，桌子上已经摆好了一个小烤架，烤肉嗞嗞地响，还有一大杯啤酒，既不温也不凉，正是他喜欢的口感。瓦伦丁放下杂志，抿了一口咖啡。

“听着，瓦伦丁，”努南切下一块肉，蘸了蘸调味汁，“你觉得这一切会怎么结束？”

“你在说什么？”

“造访。造访区、潜行者、军工大楼——所有的乌七八糟。这一切会怎么结束？”

瓦伦丁透过不透明的黑色镜片盯着他看了好一会儿。接着，他点燃一支烟，说：“对谁而言？说具体点儿。”

“嗯，就说对全人类而言吧。”

“那得看我们的运气如何了。”瓦伦丁说，“我们现在知道，对全人类来说，造访大部分没有留下任何痕迹。对人类而言，不论什么从地球经过，都显得神不知鬼不觉。当然，我们在火中取栗的时候，有可能稀里糊涂地掏出某种令地球上的生命难以忍受的东西。那就算我们倒霉。但你得承认，人类一直都面临这种危险。”他把烟气挥走，苦笑一下，“你瞧，我很久以前就不再把人类当成一个整体来讨论了。作为整体的人类是个十分牢固的系统，什么都不能搅乱它。”

“你真这么觉得？”努南沮丧地说，“好吧，那可能是——”

“跟我说实话，理查德，”瓦伦丁显然聊得正起劲儿，“造访发生后，作为生意人，你有什么改变呢？的确，你知道了宇宙中除了人类，至少还有一个有智能的物种。但知道了又怎样？”

“该怎么说呢？”理查德嘟囔道，他已经后悔挑起这个话题了，在这方面他着实没什么好说的，“我有什么改变？比如说，很多年来，我一直有点儿心神不安，忧心忡忡。的确，他们造访地球，又立即离开了。但是，假如他们又返回地球，并决定留下来呢？你知道吗，对我这个生意人来说，下面这些问题绝非无聊：他们是谁？他们如何生活？他们需要什么？最最起码，我将不得不考虑如何调整我的产品。我得时刻准备着。如果我在他们的社会里是完全多余的可怎么办？”他谈兴越来越浓，“如果我们都变得多余呢？听着，瓦伦丁，既然聊到这个话题了，我说的这些问题有答案吗？他们是谁？他们想要什么？他们会不会再回来？……”

“的确有答案。”瓦伦丁露出具有讽刺意味的微笑，“有很多，随便你选。”

“你是怎么想的？”

“老实说，我从未认真考虑过这种问题。对我来说，造访首先是一个罕见的事件，有可能使我们在发展的阶梯上跃进几个阶段，像是进入了科技发达的未来世界。打个比方，就好比艾萨克·牛顿在他的实验室里发现了一台这个时代的微波发射器。”

“那台设备肯定会令牛顿一头雾水。”

“还真不是！牛顿可是个非常聪明的人。”

“是吗？话说回来，牛顿的事暂且放在一边。对于造访，你到底是怎么想的？哪怕不是深思熟虑的想法也行。”

“好吧，那我告诉你。但我必须提醒你，理查德，你的问题属于一种叫作宿主学的伪科学范畴。宿主学是将科幻小说和形式逻辑[①]勉强混合到一起的产物，其核心假设是有缺陷的：外星种族在心理层面跟人类一样。”

“为什么有缺陷？”努南问。

“因为生物学家试过将人类心理学运用到动物身上。请注意，是地球上的动物。”

“等一下，”努南说，“这完全是两码事。咱们说的是智慧生物的心理学。”

“没错。如果我们知道智慧是什么的话，那就好了。”

“难道我们不知道吗？”努南惊讶地问。

“不管你信不信，我们并不知道。我们通常用一个无关紧要的定义来解释：智慧是人类的属性，它把人和动物的行为区分开来。这种说法可以把主人和狗加以区分，因为狗似乎什么都懂，但就是不会说话。然而，这个无关紧要的定义确实能引出更机智的定义。它们基于对上述人类行为的令人沮丧的观察。比如，其中一个定义：智慧是生物做出无意义或反常行为的能力。”

“是的，这指的就是我们。”努南赞同道。

“真是遗憾。或者，还有一种定义假设：智慧是一种尚未充

① 逻辑学术语，研究纯形式内容的推论的一门学科。

分进化的复杂本能。这一观点认为，本能的行为总是正常的、有意义的。100万年后，这种本能将会进化成熟，我们将不再犯错误，而犯错误很可能是构成智慧所必需的组成部分。之后，如果宇宙发生了变化，我们将会走向灭绝，重申一次，这正是因为我们失去了犯错误的本领，也就是说，我们不再尝试各种打破严格规范约束之事。”

“不知为何，怎么听起来对智慧这么……贬损呢。”

“那好，还有一个定义，非常崇高和高贵：智慧是在不破坏所在世界的前提下，驾驭周围世界能量的能力。”

努南皱皱眉，摇了摇头。“不，”他说，“这种解释太宏大了……不适合我们。你听听这个解释怎么样？不同于动物，人类对知识有着强烈的需求。我在什么地方读到过。”

“我也读过。”瓦伦丁说，“但问题在于，人，至少是普通人，能够轻易弃绝这种需求。在我看来，这种需求根本不存在。人类有认识事物的需求，但那不需要知识就能做到。比如说，上帝的假设可以让你在一无所知的情况下，对万事万物有空前的认知……这一假设把世界高度简化为一种模型，并且基于这个模型来解释每一件事。这种方法不需要知识，只需要一点儿生搬硬套的套话，再加上一些所谓的直觉、一些所谓的独具法眼，还有一些所谓的常识即可。”

“等等。”努南说，他喝光啤酒，把空杯子砰的一声放到桌上，“别扯远了。这么说吧：一个人类遇到一个外星人，他们怎么确定彼此是智慧生物？”

“不知道。”瓦伦丁自顾自地说，“我读过的所有关于这个话题的资料，都陷入了一个死循环：如果他们能够跟我们建立联系，那么他们就是有智慧的；反之，如果他们有智慧，那么他们就能跟我们建立联系。总的来说：如果一个外星生物有幸在心理上和人类一样，那么它就是有智慧的。就是这样，理查德。你读过冯内古特[①]吗？”

“真该死。”努南说，“我还以为你已经把问题解决了呢。”

“就连猴子都能解决问题。”瓦伦丁说。

“不对，等等。”努南说，不知怎的，他感觉自己上当了，“但是，假如你连最简单的事情都不知道……好吧，先不管智慧的事，这个讨论起来茫无头绪。但造访呢？关于造访，你是怎么想的？”

“乐意回答。”瓦伦丁说，“想象一下去野餐——”

努南跳了起来：“你说什么？”

“野餐啊。想象一下：一片森林，一条乡间小路，一片草地。一辆车沿着小路驶到草地上。下来一群年轻小伙和姑娘，从车上搬下酒瓶、野餐篮子、晶体管收音机、照相机……他们点起篝火，支起帐篷，放起音乐。第二天早晨，他们都走了。整夜都在惊恐地注视他们的那些动物、小鸟和昆虫，一个个爬出巢穴。它们看到了什么呢？满地的油、洒有汽油的小土坑、旧火花塞、散落的滤油器……散乱的破布、烧坏的灯泡、不知谁掉的一把活动扳手、车

① 库尔特·冯内古特（Kurt Vonnegut，1922—2007），美国作家，代表作有《五号屠宰场》《冠军早餐》。

轮从某个荒凉的沼泽里带来的污泥——当然，除此之外还有篝火的余烬、苹果核、糖果包装纸、罐头盒、酒瓶、某人的手帕、某人的小折刀、破烂的旧报纸、硬币、从另一片草地上拿来的枯萎的花朵……”

“我懂了，”努南说，“就是一次路边野餐。”

“没错。一次在宇宙的某条小路边上举行的野餐。而你还问我他们会不会再回来……”

“让我抽支烟。”努南说，“该死的伪科学！不知怎的，这跟我想象的完全不一样。”

“怎么想是你的权利。”瓦伦丁说。

“这么说，你的意思是，他们甚至压根儿没注意到我们？”

“何出此言？”

“或者他们至少对我们毫不在意。”

“我要是你，绝不会对此感到过分失望。”瓦伦丁劝告道。

努南吸了口烟，呛得咳嗽起来，便把烟扔掉了。“话虽如此，”他倔强地说，“这不可能……你们这些该死的科学家！你们怎么对人类这么蔑视？你们为什么要时不时地贬低人类？”

“等等，”瓦伦丁说，“听好了。‘你问：什么使人类变得伟大？’”他引述道，“‘是因为他改造了大自然吗？是因为他能利用近乎宇宙尺度的力量吗？是因为他能在很短的时间内征服地球，并打开了一扇通往宇宙的窗户吗？不！是因为尽管做了这些，他还是活了下来，并且打算继续这么活下去。’”

一阵沉默。努南在思考。“也许，”他犹豫地说，“当然，从这个角度来讲——”

“不用太失望，”瓦伦丁和善地说，“野餐理论只是我的假设，甚至连假设都算不上，真的，顶多算是个感想罢了。那些认真对待这个话题的所谓宿主学家们试图为之辩护的解释，对人类的虚荣心而言更加体面，更能讨得欢心。例如：造访还没有发生，真正的造访尚未到来。我们先前所认为的造访，只不过是某种更高等的智慧生物来到地球，给我们留下了装有他们物质文化样品的容器。他们希望我们研究这些样品，实现科技的飞跃，从而能够向他们发回信号，以此表明我们已经准备好与之接触了。这种解释怎么样？”

“好多了。”努南说，“看来哪怕是科学家里也是有正派人士的。”

“还有一种解释：造访的确已经发生，但实际上并未结束。我们聊天的当口，其实也在跟他们接触，只不过我们感觉不到。外星人躲在那些造访区里，仔细地研究着我们，同时不停地为我们准备‘超越时代的残忍神迹’。”

“我现在总算明白了！”努南说，“最起码它能解释工厂废墟中神秘的喧闹声。顺带一提，你的野餐理论就解释不了。”

“为什么不能？”瓦伦丁反驳道，“没准儿某个小女孩把她最心爱的发条玩偶掉在草地上了呢。”

“得了吧。”努南坚决地说，“那玩偶可真厉害，能让大地颤动不止。不过话说回来，它当然有可能是个‘玩偶’——想来点儿啤酒吗？罗莎莉！过来，老婆婆！给我们这两位宿主学家来两杯啤酒！跟你聊天真愉快，”他告诉瓦伦丁，“简直是对大脑进行了深层净化，就跟有人在我头盖骨下撒了泻盐一样。要不然，我只知道拼命工作，却永远不会去思考这一切是为了什么，怎么应对可能发生的问题，以及如何努力减轻心理负担……”

啤酒送上来了。努南抿了一口，目光越过泡沫，看到瓦伦丁正一脸嫌弃地打量着他的杯子。

“怎么，你不喜欢？”他舔了舔嘴唇，问道。

“说实话，我不喝酒。”瓦伦丁不情不愿地说。

“是吗？”努南吃惊地问。

“他妈的！”瓦伦丁说，“世界上有滴酒不沾的人，有那么奇怪吗？”他将酒杯一把推开，“那就给我点一杯法国白兰地吧。”

“罗莎莉！”努南立刻大喊道，整个人都飘飘然起来。

白兰地上来后，努南说：“我还是觉得那种解释不对。我甚至都不会提及你的野餐理论，那是彻底地羞辱人类。但是，即便是接受这样一种假说，比如说这其实是接触的前奏，也并不令人好受。手镯、空盒子之类的，我能理解。但为什么还有地狱黏液？以及捕虫阱和让人恶心的绒毛？我完全理解不了。”

“抱歉，打断一下，”瓦伦丁挑选了一片柠檬，说，“我不是很明白你说的专业术语。什么阱？”

努南哈哈大笑。“这是民间的说法，”他解释说，“是潜行者的行话。捕虫阱，指的是重力升高的区域。”

“哦，重力遽升点啊……定向重力。这种话题我非常乐意聊聊，但你肯定一个字都听不懂。”

“为什么？我怎么说也是个工程师呢。”

“因为连我自己也什么都不懂。我对此有一个方程组，但我还不知道如何解释它。至于黏液嘛，可能是胶态气体吧？”

“正是。你听说过卡里根实验室的灾难吗？”

“有所耳闻。”瓦伦丁不太情愿地回答。

“那些白痴把装有黏液的瓷制容器放进一个特殊的、与外界最大限度隔绝的腔室。他们自以为已经‘最大限度地隔绝’了，但当他们用机械臂打开容器时，黏液就像水流过滤网一样，穿过金属和塑料腔壁流了出来，所经之处，每一样东西都变成了同样的黏液。据统计，共有35人因此丧生，一百多人受伤，整个实验室彻底作废。你去过那里吗？那栋大楼原先真美啊！可现在，黏液已经渗入地下室和较低的楼层……这就是接触的前奏。”

瓦伦丁做了个鬼脸。“是的，这些我都知道。”他说，“但你得承认，理查德，外星人与此事无关。他们怎么会知道军工大楼的存在呢？”

“这个嘛，他们理应知道！”努南用训斥的语气说。

“那么，他们肯定会这么回应：你们早就该把军工大楼废弃了。”

“那倒也是。”努南赞同道，“假如他们真有这么强大的话，也许他们早就这么做了。”

“你的意思是，他们应该干涉人类的内部事务？”

“嗯。”努南说，“这话题越扯越没边儿。不说这个了，回到最初的话题上。这一切将如何结束？比如，就拿你们科学家来说，你们是否希望从造访区里获取一些基础科学之类的东西，从而彻底变革我们的科学、技术、生活方式？”

瓦伦丁喝光白兰地，耸耸肩：“这话不该问我，理查德。我不喜欢空想。面对如此严肃的问题，我更倾向于谨慎地怀疑。从我们已经获得的物品来看，未来有各种可能性，但现在还什么都确定不了。”

“罗莎莉，再来杯白兰地！”努南大喊道，“呃，好吧，那咱们换个话题。在你看来，我们实质上已经从中获得了什么？”

“有趣的是，获得了很多。但相对来说却很少。我们发现了许多奇迹，在很多情况下，我们甚至学会了如何调整这些奇迹，使其符合我们的需求。我们甚至已经习惯了它们的存在。但我们就像实验室的猴子，按下红色按钮，得到一根香蕉，按下白色按钮，得到一个橘子，可它不知道如果没有按钮，应该怎么获得香蕉或橘子，它也不理解按钮和橘子、香蕉之间的关系。就拿外星电池来说吧，我们学会了如何应用它们，甚至发现了促使它们自我分裂以进行繁殖的条件。然而，我们至今连一块外星电池也没人为造出来，根本搞不懂它的工作原理，而且，据我所知，短时间内也不可能搞懂。我是这么想的：许多物品我们已经找到了用途，我们便使用之，尽管几乎可以肯定跟外星人的使用方式不一样。我绝对相信，绝大多数情况下，我们是大材小用了。尽管如此，我们确实利用了一些东西：外星电池、能促进生命活动的手镯……还有各种准生物物品，引发了一场医学界的革命……我们靠着它们，做出了新型镇静剂、新型无机肥料，天文学迎来了革命性的变化。不过，我干吗要列举这些呢？这些进展你比我更清楚。我发现你自己就戴着一副手镯。咱们就把这组物品当作有益的吧。你也可以说，在某种程度上，这些物品造福了人类，虽然我们永远不会忘记，在这个符合欧几里得几何学的世界中，每根棍子都有两头——”

“是因为它们同时还有很糟糕的应用吗？”努南插嘴道。

“没错。例如外星电池在国防领域的应用……咱们别跑题。每一样有益物品的性能，都或多或少地被研究和解释过。我们当前的技术水平太低，不过再过五十年左右，我们肯定能学会如何制造外星物品，届时，我们可以尽情地大材小用。至于另一类物品，情况要更加复杂，原因在于，我们不知道怎么利用它们，而且，在我们目前的理论水平下，它们的性质完全无法解释。举个例子，就拿各种类型的磁流阱来说，我们知道它们是磁流阱，帕诺夫非常巧妙地证明了这一点。但我们还是不知道能够生成其强大磁场的发生器在哪里，也不清楚它稳定性如此惊人的原因。我们什么都不懂，只能在空间性质方面编造一些以前从未想到过的、不切实际的猜想。还有K–23……你们把那些用来做珠宝的漂亮的黑色珠子叫什么？”

“黑色火花。”

“对、对，黑色火花。好名字。嗯，你知道它们有什么特性。如果你用光线照射这种珠子，光线会在射入其中后停顿片刻，然后再被发射出来，停顿的时长取决于珠子的重量、尺寸和许多其他参数，而且，射出光的频率总是低于射入光的初始频率。这意味着什么呢？为什么会这样？有一种疯狂的猜想：这些黑色火花实际上就是广袤无垠的空间，这种空间的性质与我们所在的不同，在我们的空间的影响下，卷曲成了这种形态——”瓦伦丁点燃一支烟，“简言之，这类物品目前对人类毫无用处，但从纯科学角度来看，它们却意义非凡。它们是对那些我们甚至都不知道怎么提出的问题给出的奇迹般的答案。刚才提及的艾萨克爵士可能不理解微波发射器是什么，但他最起码能意识到这种东西是可能存在的，这会对他的科学世界观产生非常大的影响。我不想谈细节问题，但是像磁流阱、K–23和白环之类的物品甫一出现，立刻就推翻了一些新近兴起的理论，并且引发了很多全新的猜想。此外，还有第三类物品……”

“是的，”努南说，“地狱黏液和其他乱七八糟的东西。”

“不、不。你说的这些不是属于第一类，就是属于第二类。我说的那类物品要么我们一无所知，要么只是道听途说。那些物品我们还从未接触过，被潜行者从我们眼皮子底下偷走，不是卖给什么人，就是给藏起来了。那些物品他们压根儿都不会谈及，对我们而言属于传说或半传说，比如‘许愿机器’‘流浪汉迪克’‘快乐幽灵’……”

“等等，等等，”努南说，“我只知道许愿机器。其他的都是什么玩意儿？”

瓦伦丁哈哈大笑：“你瞧，我们也有自己的工作术语。流浪汉迪克，指的就是在工厂废墟中引发大破坏的、假想中的发条玩偶。快乐幽灵则是一种危险的湍流，发生在造访区内某些特定位置。”

“我还是头一次听说呢。”努南说。

“你瞧，理查德，”瓦伦丁说，“我们在造访区里挖掘了二十多年，但我们连其中千分之一的东西都没搞懂。如果把造访区对人类产生的影响考虑进去的话——顺带一提，我们还要在现有的分类上再加一组，即第四组，不是指代物体，而是指代影响。在我看来，尽管已经收集到了足够多的数据，但这一组的研究进展却糟糕至极。你知道的，理查德，我是个物理学家，所以必然也是个怀疑论者。但有时候一想到那些数据，就连我都会起鸡皮疙瘩。”

“活着的僵尸……”努南咕哝道。

“什么？哦……不是，那只是显得很神秘。该怎么跟你说呢？至少那还属于可以想象的范畴。但是，当超自然、超生物现象平白无故地发生在一个人身上——”

“哦，你是指移居到国外的侨民？”

“正是。你知道吗，虽然处理的是随机变量，但统计学其实是一门非常严谨的科学。而且，这门科学也非常有说服力、非常直观……”

瓦伦丁显然已经喝醉了，说话的声音越来越大。他面色变得红润，墨镜上方的眉毛高高扬起，把额头挤得皱巴巴的。“罗莎莉！”他大喊道，“再来杯白兰地！要大杯！”

“我喜欢不喝酒的人。”努南敬重地说。

“别转移话题！”瓦伦丁厉声说，“仔细听好。这事儿非常蹊跷。”他抓起酒杯，一口气喝掉半杯，接着说道，“在造访刚发生时，可怜的哈蒙特居民遭遇了什么，我们并不清楚。但后来，其中有个人决定移居国外，那就是个普通居民，一个理发师。他父亲和爷爷也都是理发师。他就搬到底特律去了，在那里开了一家理发店，此后，不幸便接二连三地发生。他的顾客中，有90%以上的人在一年内相继身亡，有的死于车祸，有的死于坠楼，有的被匪徒和流氓灭口，还有的在浅水处溺亡，诸如此类的吧。此外，底特律的市政灾难数量也急剧增加：与往常相比，燃气爆炸的次数增加了一倍，线路故障引起的火灾数量增加了2.5倍，车祸的数量增加了两倍，死于流感的人数增加了一倍。还有，底特律及其市郊的自然灾害数量也有所增加：像龙卷风和台风之类的灾害，自从18世纪之后，那个地区就再也没见过，这次却接连出现了；天降暴雨，安大略湖、密歇根湖……反正就是底特律所在地区的湖泊，全都冲破了堤岸。嗯，像这样的影响还有很多。不管是哪座城镇、哪片地区，只要有造访区附近的居民搬过去，同样的灾难就会在那边爆发，而且，灾难的次数与移居到该地区的侨民数量成正比。请注意，这种影响只在亲身经历过造访的人身上出现了，而那些在造访之后出生的人，对于事故统计数据则毫无影响。你在哈蒙特居住10年了，但你是在造访之后搬过来的，所以你哪怕搬到梵蒂冈这种小地方，也不会造成任何危害。这些该怎么解释呢？我们到底该舍弃哪个？统计学，还是常识？”瓦伦丁抓起杯子一饮而尽。

理查德·努南挠了挠耳背。“嗯，”他说，“我其实听过很多这种事情，但坦白讲，我始终认为这些，说得委婉一点，有点儿言过其实了。我觉得这只是有人想禁止移民的借口。”

瓦伦丁满脸苦笑：“这就是借口！谁会相信这种疯言疯语？没人。所以他们就捏造出一种传染病，大肆散布谣言，说它极度危险，绝对是这样！”他把胳膊肘撑在桌上，一脸不悦，用双手捂住脸。

“我赞成你的观点，”努南说，“你说得对，从我们强大的实证主义科学的角度来看——”

“或者，再说说造访区导致的突变吧。”瓦伦丁插话道，他摘下眼镜，用那双近视的乌黑的眼睛盯着努南，“所有和造访区长时间接触的人都发生了突变，包括表现型[①]和基因型。你知道潜行者的后代是什么样，也知道潜行者会变成什么样。为什么呢？是什么导致了突变？造访区内没有辐射，里面的空气和土壤的化学结构虽然独特，但不存在致人突变的风险。在这种情况下，我该怎么办？相信魔法，相信凶眼[②]的存在？听着，理查德，咱们再喝一轮吧。我确实领略到了这酒的魅力，真该死……”

理查德·努南得意地笑了笑，又给这位诺贝尔奖得主点了一杯白兰地，给自己也点了一杯啤酒，然后说道：“好吧。对于你的纠结，我当然十分同情。但老实说，我个人认为，复活的死尸比你所谓的统计数据更令人不安。尤其是因为我从未见过那些数据，但我却见过那种僵尸，而且还闻到过它们的气味。”

瓦伦丁漫不经心地挥挥手。“哦，去你的僵尸吧……”他说，“听着，理查德，难道你不为此感到害臊吗？再怎么说，你也受过良好的教育。从基本原理角度来看，你所说的僵尸令人诧异的程度，也就和永续电池一样，你难道不明白？只不过，外星电池违反了热力学第一定律，而那些僵尸则违反了第二定律，这是它们仅有的区别。从某种意义上说，我们都跟原始人无异：我们想象不出比鬼魂或吸血鬼更吓人的东西。但违反因果律其实比一大群鬼魂……

① 基因和环境作用的结合而形成的一组生物特征。

② 一种目视某人或某物而使之遭殃的魔力。

可怕得多，也比那个怪物可怕得多——是鲁宾斯坦的怪物，还是华伦斯坦的怪物来着？”

“弗兰肯斯坦。”

“对，弗兰肯斯坦。雪莱夫人，诗人的妻子，也可能是女儿。”他忽然大笑起来，“你说的僵尸确实有一个特性，即自主生存能力。举个例子，若是砍断他们的一条腿，那条腿还会继续往前走。呃，不是严格意义上的行走，但不管怎样，断腿在离开躯体、没有生理盐水的情况下，还能活着。对了，研究所最近就收到一具这样的尸体……无人认领。所以他们就拿来用了。是博伊德的实验室助理告诉我的，他们砍下了他的右手，准备做实验，第二天早晨过去一看——那只断手冲他们竖起了中指！”瓦伦丁哈哈大笑起来，“哦？它现在还活着呢！一个劲儿地攥拳头，然后竖起中指。你觉得它是想表达什么？”

“我得说，这个手势已经不言自明了。这会儿是不是该回家了，瓦伦丁？”努南说着看了看手表，“我还有一件要事去办。”

“好吧。”瓦伦丁愉快地同意了，他试图把脸伸进眼镜框里，但没有成功。“啊，理查德，你真把我灌醉了……”于是，他便用双手拿起眼镜，小心翼翼地戴好，“你开车吗？”

“是的，我开车送你。”

他们买完单，朝门口走去。瓦伦丁的身体比平时挺得更直，不停地用手指戳自己的太阳穴，同时跟相熟的实验室助理们打着招呼——他们全都好奇且惊讶地注视着这位世界科学界的领军人物之一。走到门口时，他冲着笑嘻嘻的门卫打了个招呼，一不小心把眼镜给碰掉了，三人连忙冲过去接住。

“啊，理查德，”瓦伦丁一边往标致车里钻，一边嘴里不停地重复，“我被你灌醉得都没脸……没……皮了。真该死，这是不对的。太尴尬了。我明天还得做个实验呢。你知道吧，这很反常……”

他开始唠叨起第二天的实验，说着说着又跑题开起了玩笑，并且重复道：“把我灌醉……太不像话了！都不省人事了……”努南把他送到科学园区，同时果断拒绝了这位诺贝尔奖得主突如其来的想继续痛饮的要求（“什么狗屁实验？你知道我要怎么对待你们的实验吗？我要往后推迟！”），然后把他交给他的妻子，后者一看到丈夫这副醉醺醺的样子，就气得火冒三丈。

“家里有客人？”瓦伦丁咕哝道，“谁啊？博伊德教授？太好了！我们得痛饮一番。没有小杯了？真该死。那就用大杯吧。理查德！你在哪儿，理查德？”

听到这话时，理查德已经跑下楼梯了。看来他们也很害怕啊，他心想，然后钻进标致车里。那些书呆子科学家害怕了。也许本该如此。他们害怕的程度，甚至应该比我们这些普通人加在一起还要深。因为我们几乎什么都不懂，但他们最起码知道他们还有多少尚未搞懂。他们凝视着这个无底洞，心里清楚得很，他们必然得爬下去。他们吓得心跳加速，但不得不这么做。可他们不清楚的是如何爬到洞底，以及有什么东西在洞底等待自己。最重要的是，他们不清楚是否还能再爬出去。与此同时，我们这些有罪之人却佯装不知，可以这么说……听着，或许事情本该这样？就让它顺其自然吧，我们会有办法应付过去的。他有一点说得对：人类最伟大的成就就是存活下来了，并且打算继续活下去。不过，我倒希望你们万劫不复，他对外星人诅咒道，你们就不能去别的地方野餐吗？比如月球，或者火星？即便你们已经知道怎么卷曲空间，也跟其他没那么先进的种族一样，是冷酷无情的浑蛋。去哪儿野餐不行，偏偏来这儿。就是一次野餐……

我该怎么对付我的那些“野餐者”呢？他一边想，一边驾驶标致车在灯火通明的大街上缓缓前行。对付他们最明智的办法是什么？就像在力学领域，利用最小作用原理那样。如果我想抓住那个没腿的浑蛋，却连一个巧妙的法子都想不出来，那我的工程学学位还有个屁用……

他把车停在雷德里克·舒哈特的楼下，在驾驶座上坐了一会儿，思考着接下来这场谈话该如何进行。他拔下外星电池，下车，这时才注意到，这栋楼看上去像是废弃了。几乎所有的窗户都漆黑一团，而且公园里也没有人，里面的灯甚至都没亮。这副场景使他想到即将要看到的东西，他立刻不寒而栗起来。他甚至想过，也许最好给雷德里克打个电话，叫他来车里聊，或是去某个安静的酒吧见面。但因为各种原因，他还是把这个念头赶走了。此外，他自言自语道，你可千万别从这里狼狈逃窜，搞得自己跟沉船上的耗子似的。

他走进楼里，缓缓地爬上很久都没打扫的楼梯。周围寂静无声。楼梯平台上的门大都虚掩着，或干脆敞开着。门外黑黢黢的入口通道散发着一股湿气和灰尘混杂的陈腐味儿。他在雷德里克的公寓门前停下，抚平耳后的头发，深深地叹了一口气，然后按响门铃。门后什么动静也没有，过了一会儿，传来地板的咯吱声，接着，门锁咔嗒一声，门轻轻打开了。他一点儿脚步声也没听到。

门口站着“小猴”，即雷德里克·舒哈特的女儿。门厅里明亮的灯光照射到昏暗的楼梯平台上，努南一开始只能看到小女孩的黑色剪影，心想她这几个月长得可真快啊。这时，她又退回到公寓里，他便看清了她的脸庞。他立刻感到口干舌燥起来。

“你好，玛丽亚。”他尽量语气温柔地说，“你还好吗，‘小猴’？”

她还是一声不吭，随即悄没声地朝客厅门走去，不停地瞪着他，好像根本不认识他似的。但老实说，他也没认出她来。都怪造访区，他心想，真该死。

“谁啊？”库塔问道，从厨房里探出头一瞧，“我的天哪，迪克！你这阵子躲哪儿去了？你知道吗，雷德里克回来啦！”

她急忙走过去，同时用搭在肩上的毛巾擦擦手。这个女人还是那么漂亮、结实、精力充沛，只不过看上去更憔悴了：面色苍白，眼睛好像也……布满血丝？

他吻了吻她的脸颊，把雨衣和帽子递给她，然后说：“我听说了，听说了。只是一直没时间过来。他在家吗？”

“在。”库塔说，“家里来客人了，他们已经在屋里聊了一会儿了，估计那人快走了……快进来吧，迪克。”

他穿过门厅，在客厅门口停了下来。那个老人正坐在桌子后面，形单影只，一动不动，身体稍稍向一侧倾斜。透过灯罩射出来的粉红色灯光，照在他那张又黑又宽的脸上（那张脸像是用旧木头雕刻出来似的），照在凹陷的、没有嘴唇的嘴上，照在目光呆滞的眼睛上。努南一下子就闻到了那股气味。他知道这只不过是一时的幻觉，事实上，气味只在他爬出来的最初几天里有，之后便彻底消失了。但理查德·努南却仿佛能从记忆中提取出来，那是新鲜泥土特有的潮湿与腐臭味。

“到厨房来吧。”库塔急忙说，“我正做饭呢。我可以边做饭边跟你聊。”

“好啊。”努南愉快地说，“咱们好久没见面了！你还记得吃饭前我喜欢喝什么吗？”

他们来到厨房，库塔立刻打开冰箱，努南则坐在餐桌边，环顾四周。跟往常一样，这里收拾得很整洁，每样东西都锃光瓦亮，锅里热气腾腾，下面是一台崭新的电磁炉，这意味着家里还有钱。“嗯，他还好吗？”

“还是那样。”库塔回答说，“他在监狱里掉了些肉，不过已经长回来了。”

“还是红头发？”

“当然！”

“还是那么刻薄？”

“可不是嘛！他会把这个臭脾气带进坟墓。”

库塔调了一杯血腥玛丽[①]放到他跟前。这酒看上去像是在一层

① 鸡尾酒名，用伏特加酒和番茄汁等混合制成。

番茄汁上面悬浮着一层透明的俄罗斯伏特加似的。

“是不是倒多了？”

“正好。”努南深吸一口气，眯起眼睛，把杯里的混合液体倒进嘴里。他想起来，这是他今天喝的第一杯真正的酒。“感觉好多了，”他说，“生活又变得美好了。”

“你还好吗？”库塔问，“你怎么这么久都没过来？”

“一直忙得要死。”努南说，“我每周都计划顺道来坐坐，或者至少给你打个电话，但我先是去了一趟雷索波利斯，后来又得处理一桩丑闻，之后就听人说‘雷德里克回来了’。行吧，我心想，我就先不当你们的电灯泡了……总之，库塔，我这阵子忙得焦头烂额。有时候我会问自己，我们这么奔忙到底是为了什么？为了赚钱吗？但是，如果我们整天不停地工作，即便赚了钱，又有什么用呢？”

库塔砰的一声扣上锅盖，从橱柜上拿下一包烟，坐到努南对面，眼睛垂了下去。努南迅速掏出打火机，给她点燃香烟。这是他有生以来第二次看到她双手颤抖，第一次是雷德里克刚被判刑之后，努南过来给她送钱：起初，她一贫如洗，同一栋楼里的浑蛋们一分钱都不愿意借给她。后来，家里终于来钱了，而且十有八九数目可观，努南猜得到钱的来源，但他还是会时不时地过来，给“小猴”带些玩具和糖果，跟库塔喝上一整晚的咖啡，帮她规划雷德里克未来的成功人生。最后，当他听完她的遭遇后，他会去邻居家，试图想办法跟他们讲理、解释、连哄带骗，直到最后失去耐心，对他们威胁道：“你们知道吗，雷德会回来的，到时他会把你们的骨头都敲碎……”但说什么都是徒劳。

“你女朋友还好吗？”库塔问。

“谁？”

“你知道的，就是你那次带过来的那位……满头金发。”

“你以为那是我女朋友？她是我的速记员。人家结婚又离了。”

“你应该结婚了，迪克。”库塔说，“要不我给你找一个？”

努南差点儿像往常一样回答：我等“小猴”长大。但这次却及时打住了。现在再说这话，听起来就不对劲了。“我需要的是速记员，不是老婆。”他喃喃道，“你应该离开你家那位红发浑蛋，到我这儿来当速记员。我记得你是个很优秀的速记员来着。老哈里斯到现在还惦记你呢。”

“这还用说吗？”她说，“我费了好大劲才躲开他。”

“竟然是这样？”努南装出惊讶的样子，“该死的哈里斯！”

“我的天哪！”库塔说，“他当时对我死缠烂打！我只是担心雷德会发现。”

“小猴”悄无声息地出现了。她站在门口，看看锅，又看看理查德，然后走到妈妈身边，靠在她身上，把脸转向别处。

“你好啊，‘小猴’，”理查德·努南热情地说，“想吃巧克力吗？”

他从背心口袋里掏出一小块包着透明包装的巧克力棒，递给小女孩。但她置之不理。库塔接过巧克力，放在桌上。她的嘴唇一下子变得苍白起来。

“嗯，库塔，”努南仍然用愉快的语气说，“我打算搬家，你知道吧。酒店我已经住够了。首先，那儿离研究所真的太远了——”

“她现在几乎什么都不懂了。”库塔轻声说。努南不再说话，用双手捧起杯子，然后漫无目的地转动着。“我发现你没问我们过得怎么样。”她继续说，“不问是对的。不过你是老朋友了，迪克，我们不会瞒着你。当然我们也没法保守这个秘密！”

“带她去看医生了吗？”努南说，头都不敢抬一下。

“看过。他们也没办法。有个医生还说……”

她突然沉默下来。他也一声不吭。对此，着实没什么好说的，他也不愿去想这个。但是，他的脑海里突然蹦出一个可怕的念头：这不是野餐，也不是请求与人类接触的举措，而是侵略，赤裸裸的入侵。他们改变不了我们，但可以潜入我们孩子的身体里，把他们改造成外星人自己的样子。他打了个寒噤，但又立刻想起来，他以前就看到过这种说法，出自某本封面光亮的平装书，这让他感觉好多了。人们可以想象出各种可能，但在现实中，没有任何事情会按想象的那样发展。

“有个医生说，她已经不是人类了。”库塔继续道。

“胡说八道。”努南违心地说，“你该带她去看真正的专家。去看詹姆斯·卡特菲尔德吧。我跟他打个招呼吧？给你们安排一次预约……”

“你是指‘屠夫’吗？”她神经质地笑了笑，“谢谢你，迪克，但我看不必了。这话就是他说的。这都是命里注定吧。”

当努南鼓起勇气抬头时，“小猴”已经走了，库塔呆呆地坐在那里，嘴巴半张，眼神空洞，手里的香烟上耷拉着一长串弯曲的烟灰。他把杯子推到她跟前，说：“再给我来一杯吧，亲爱的。也给你自己倒一杯。咱们一块儿喝。”

她弹掉烟灰，东张西望，想找个地方丢掉烟头，最终扔进了水槽里。“为什么会这样？”她问，“我不明白！我们又不是镇上最坏的烂人……”

努南以为她会哭，但她没有。她打开冰箱，取出伏特加和番茄汁，从橱柜上又拿下一只杯子。

“话虽如此，但你不该绝望。”努南说，“世界上没什么问题是不能解决的。相信我，库塔，我人脉很广，我会竭尽所能……”

此时此刻，他对自己这番话深信不疑，而且已经开始在脑海里翻找起医生的名字，以及哪座城市、哪个诊所能治得了这病。他甚至想起来，好像以前在什么地方听说过类似的病例，最后都给治好了。他只需要记起那是什么地方、医生是谁就行。但他忽然想起这次过来的原因，想起莱姆辰上将的态度，又想起他为什么会照顾库塔，便什么都不愿再想了。于是，他舒服地坐好，全身放松，等她把酒送过来。

这时，他听到门厅里传来拖拉的脚步声和敲击地板声，接着又听到“秃鹫”伯布里奇那令人厌恶的带有鼻音的说话声，尤其在当前的情况下，他的鼻音显得更加令人讨厌。“嘿，雷德！我发现你太太有客人哪。这不是他的帽子吗？我要是你，肯定不允许这样。”

雷德里克说："戴上你的假腿吧，'秃鹫'。说话注意点儿。看见那扇门了吗？别忘了出去。我现在要吃晚饭了。"

伯布里奇说："天哪，一句玩笑都开不得！"

雷德里克说："咱俩开玩笑的日子结束了。都过去了。快走、快走，别耽误我吃饭。"

门锁咔嗒一声被打开，谈话声越来越模糊。很显然，他俩都到了门外的楼梯平台上。伯布里奇小声说了些什么。雷德里克回道："行了，行了，到此结束！"伯布里奇又咕哝了几句。雷德里克厉声说："我说了，就这样！"门砰的一声关上。门厅里传来急促的脚步声，紧接着，雷德里克·舒哈特出现在厨房门口。努南起身迎接，二人用力地握了握手。

"我一猜就是你。"雷德里克用机敏的绿眼睛看着努南，"啊，你长胖啦，大胖子！是不是在酒吧里喝得……啊哈！看来你俩刚才聊得挺愉快啊！库塔，老婆，也给我倒一杯。喝酒可别落下我。"

"我们还没开始喝呢。"努南说，"我们正准备喝。你不来，我们哪敢喝呀。"

雷德里克哈哈大笑，照着努南的肩膀给了一拳："咱们走着瞧，看看谁会落后、谁会领先。老兄，我已经两年没喝酒啦，要想赶上你们，我得先狂饮一大缸才行……来吧，来吧。干吗傻坐在厨房里！库塔，把晚饭端上来吧。"

他把手伸进冰箱，又站了起来，两手各拿着一瓶酒，瓶身上的商标各不相同。

“咱们得痛快地喝一场！”他宣布，“向我们最好的朋友，理查德·努南，表示敬意。在我们最需要帮助的时候，他没有撒手不管！虽然这对他并没有任何好处。啊，古塔林不在，真可惜。”

“给他打个电话。”努南建议道。

雷德里克摇了摇火红的脑袋：“他那儿还没铺设电话线呢。没事，咱们喝，咱们喝……”

他走到客厅，砰的一声把瓶子搁在桌上。

“我们要痛饮狂欢，老爸！”他对那个一动不动的老头儿说，“这位是理查德·努南，我们的朋友！迪克，这是我父亲，老舒哈特。”

理查德·努南做好心理准备，嘴角咧到耳朵根，对僵尸挥挥手，然后说：“很高兴见到您，舒哈特先生！您还好吗？雷德，你知道吗，我跟他以前就见过。”他对正在酒吧间里翻找东西的年轻舒哈特说，“我们之前见过一次，只是打了个照面，不过——”

“坐吧。”雷德里克冲老头儿对面的椅子扬扬下巴，“跟他说话的时候，声音大一点儿，他什么都听不见。”他放下酒杯，迅速打开瓶盖，然后对努南说：“倒上吧。给老爸也倒点儿，一小口就行。”

努南不慌不忙地倒上酒。老头儿在原位坐着，瞪着墙壁。努南把酒杯推到他跟前时，他也毫无反应。努南已经适应了这个新局面。这就是一场游戏，一场可怕又令人同情的游戏。这是雷德里克的游戏，而努南则是在尽力配合，就像他这辈子一直都在配合别人的游戏一样，那些游戏都很可怕、可怜、可耻和疯狂，而且比雷德的游戏危险得多。雷德里克举起酒杯说："啊，咱们开喝吧？"努南泰然自若地瞥了一眼老头儿。雷德里克不耐烦地跟努南碰碰杯子，说："快喝，快喝，不用管他，他不会把酒弄洒的。"于是，努南便神态自然地点点头，跟他喝了一杯。

雷德里克咕哝一声，两眼放光，继续用激动且略显虚假的语气说："我受够了，老兄，再也不想坐牢了！我的朋友，要知道，能回家简直太美好啦！我有钱，相中了一套漂亮的小别墅，带花园，绝不比'秃鹫'的差。你知道吗，我早就打算移民了，在监狱的时候就决定了。我何苦要待在这么个破镇子上呢？让他们见鬼去吧，我心想。结果，等我回来时，没承想，他们竟然禁止移民了！怎么？难不成在过去的两年里，大家都患上传染病了吗？"

他呜里哇啦地说了一会儿，努南一边点头附和，一边啜饮威士忌，偶尔插一下嘴，同情地咒骂或反问几句，然后开始追问小别墅的事，比如它是什么样的啦，要花多少钱啦之类的。说着说着，二人便吵了起来。努南认为那栋别墅太贵，而且位置也不便利。他掏出笔记本，翻到空白页，在上面列举出能够低价买到的废弃别墅的地址，修缮费用也非常便宜，尤其是如果他们申请移民，被当局驳回的话，还能要求给一笔赔偿金。

"看来你还涉足房地产行业了啊。"雷德里克说。

"我什么都做一点儿。"努南眨眨眼回答说。

"我懂，我懂。我听说你还做窑子生意了。"

努南瞪大眼睛，将手指放在唇边，朝厨房那边扬扬头，示意他小点儿声。

“甭担心，你这事儿人尽皆知了。”雷德里克说，“赚钱嘛，不寒碜。我终于真正懂得了这一点——但是，你怎么选‘大拳头’当经理呢？听到这个消息时，我笑得都要尿裤子了！这简直就是让一只狼保护羊群，你知道吧……他是个疯子。我打小就认识他！”

这时，老头儿像个巨大的玩偶似的，缓慢且呆滞地把手从膝盖上抬起来，拍到桌子上，发出一声闷响。那只手黑乎乎的，夹杂着一点儿蓝色，攥紧的手指看上去像只鸡爪。雷德里克安静下来，看着他。他的脸颤动了一下。努南惊讶地发现，那张凶狠的、布满斑点的脸上，竟然表现出了最真挚的疼爱和关怀之情。

“喝点儿酒吧，老爸，喝吧。”雷德里克温柔地说，“哪怕一点儿也行，快喝一口吧……别担心，”他对努南低声说，同时会意地眨眨眼，“他会拿起杯子喝的，相信我。”

努南看着他，记起了博伊德的实验室助理过来想把这具僵尸抬走时发生的事情。当时来了两个实验室助理，都是年轻人，长得身强力壮，此外，还有一位市立医院的医生，有两个看护陪同。后两位身材粗壮，主要工作就是抬抬担架，安抚情绪激动的家属。据其中一个实验室助理事后描述，“那个红头发的家伙”一开始好像不明白怎么回事，便让他们进屋了，并允许他们给他父亲做检查。雷德里克以为老爸会被他们带到医院里做一些预防措施，而他们本可以顺利将他带走。但是，那两个蠢兮兮的看护——他们在刚开始谈判的时候就钻进厨房里晃悠，痴痴地望着正在擦窗户的库塔——却把老头儿当木头一样搬运：他们把他拖出来，随手丢到地板上。雷德里克怒不可遏。这时，蠢货医生走上前去，主动跟他详细解释事情的原委。雷德里克听了一两分钟，突然像氢弹一样毫无征兆地爆发了。讲这事儿的实验室助理甚至都不记得是怎么被轰出去的。红头发恶魔一个人把他们五人都踢下了楼梯，谁都未能幸免。据实验室助理说，他们每个人都像加农炮弹一样被踢飞了出去。两人落到人行道上昏了过去，其余三人，雷德里克追了四个街区。之后，他回到公寓楼下，把研究所的僵尸搬运车的窗户全都打碎了。那会儿司机早已经从车上下来，往另一个方向逃跑了。

“我最近在酒吧里喝到了一种新品鸡尾酒。”雷德里克一边倒威士忌，一边说，“叫‘地狱黏液’，我待会儿给你调一杯，吃完饭以后吧。我的朋友，空腹喝那种酒不利于身体健康，只需一杯，你就会四肢麻木——我不管你说什么，迪克，反正今晚我要把你灌醉。我要把你灌得酩酊大醉，我自己也要喝得烂醉如泥。咱们会忆起昔日的美好时光，会忆起‘甜菜汤’……可怜的欧尼还在狱里呢，你知道吗？”他喝完酒，用手背擦了擦嘴，然后漫不经心地问，“所以，研究所里有什么新情况吗？已经开始研究黏液了吗？你也知道，我不太了解最新的科学进展……”

努南立刻明白了雷德里克为什么要把话题引到这个方向。他扬起双手说：“你开玩笑的吧，伙计？你知道黏液引发了什么惨案吗？卡里根实验室的事，你听说了吗？那是一家小型私人机构——总之，他们想办法弄到了一些黏液……”

他把那场灾难、那桩丑闻说给雷德里克听，讲到他们始终都不明白黏液是从哪儿弄来的，到现在也没搞清楚。雷德里克摆出一副心不在焉的样子听着，不时啧啧地咋舌、点点头，然后毫不含糊地往他们的杯子里续了些威士忌，说道：“活该，那帮寄生虫，希望他们都下地狱……”

他们又喝了一杯。雷德里克看看父亲，后者的脸再次颤了一下。他伸出手，把酒杯朝老头儿紧握的手指推近了一些。突然间，他的手指张开又合上，抓住了杯底。

“就该让他们遭到这种报应。”雷德里克说。“库塔！”他大喊道，“还有多久才能上饭啊？都是为了你，”他对努南解释说：“她一定是在做你最喜欢的沙拉，加上虾肉的那种，我注意到她已经把原料买回来一段时间了。对了，研究所里的情况怎么样？找到什么新东西了吗？我听说你们现在派机器人拼命工作，但收获并不是很大。”

努南跟他说起了跟研究所的生意，说着说着，“小猴”悄无声息地出现在桌子旁，在老头儿身边站了一会儿，把毛茸茸的小爪子放到桌上。突然，她像个天真的孩子一样倚在僵尸身上，脑袋靠在他的肩上。努南继续聊了起来，与此同时，他看着这两个造访区的怪异产物，心想，天哪，还要怎么惩罚我们？到底还要对我们降什么厄运，这一切才能结束？难道这些还不够吗？他知道，这些还不够。他很清楚，世界上有几十亿人什么都不知道，而且什么都不想知道，即便真的了解了真相，他们也只是惊骇10分钟，便会立刻将此事抛诸脑后。那我就喝醉吧，他恶狠狠地想，去他妈的伯布里奇，去他妈的莱姆辰……去他妈的这不幸的一家人。我今晚要不醉不归。

“你干吗盯着他们看？”雷德里克低声问，“别担心，他不会伤害她的。恰恰相反，他们说这种僵尸散发的气味还有益健康呢。”

“是啊，我知道。”努南把酒一口喝光。

库塔走了进来，让雷德里克摆好餐具，然后放下一只大银碗，里面装着努南最喜欢吃的沙拉。这时，像是有人刚刚想起拉一下木偶提线似的，老头儿抬起手，把杯中酒猛地甩进他张开的嘴里。

“好啦，各位，”雷德里克愉快地说，“现在，让我们痛快地享受聚会吧！”

4

雷德里克·舒哈特，31岁。

山谷里的气温在夜间逐渐降低，到了黎明时分，已经变得冷飕飕的。他们踩在生锈的铁轨之间朽烂的枕木上，沿着路堤向前走。雷德里克看着亚瑟·伯布里奇皮夹克上凝结的亮晶晶的雾滴。这孩子步伐轻快，显得兴高采烈的。刚刚那个难熬的夜晚；因为高度紧张，每根神经纤维至今仍在颤抖；在湿漉漉、光秃秃的山顶上待了痛苦难耐的两个小时，一分钟也没睡好，二人挤在一起互相取暖，等待那种绿色物质形成的激流从山上流下去，消失在山谷中……对他来说，这一切仿佛都没有发生过。

路堤两侧均被浓雾所笼罩，而且浓重的灰色雾霭还会像溪流一般，时不时地淌到铁轨上，缓慢地打着旋，没过他们的膝盖。浓雾有一种潮湿的锈味儿，路堤右侧的沼泽里散发着腐臭的气息。除了雾，什么都看不见。但雷德里克知道，左右两侧是向远方伸展的平原，那里丘陵起伏、岩石成堆，再往远处就是躲藏在雾霭后面的群山。他还知道，当太阳升起，雾气结为露水时，他应该会在左边看到一架坏掉的直升机的骨架，前方还能看到一辆矿车。到那时，就要开始干正事了。

雷德里克一边走，一边把手插进身体和背包之间，然后将背包猛地向上托起，这样包里氦气罐的底部就不至于磕到他的脊柱。这该死的东西太沉了，他心想，背着它，我怎么往前爬？四肢着地匍匐前行1英里啊。行了，别抱怨了，潜行者，你也知道这次是为什么进来。50万大洋就在道路尽头等着你呢，流点儿汗又算得了什么？50万啊，挺多的，对吧？我一分钱都不会少要。而且，我绝不会分给“秃鹫”超过30万。至于这个孩子嘛……他什么都得不着。如果那个老浑蛋跟我说的有半点假话，那么这孩子一分钱也得不到。

他又看了看亚瑟，有那么一会儿，眯眼望着他一步跨过两根枕木，轻快地向前蹦跶。小伙子宽肩窄臀，留着一头跟他姐姐一样的乌黑长发，有节奏地跳动着脚步。他死命地向我祈求，雷德里克阴郁地想到，是他自己主动要求来的。可是，他为什么如此拼命地祈求我呢？当时，他浑身颤抖，眼里噙着泪水。“求求你，带上我吧，舒哈特先生！其他人愿意带我，但我只想跟着你。你知道的，其他人的水平都不行！我父亲倒是懂行……但他已经无能为力了！”雷德里克强迫自己不再回想。一想到这个，他就心烦意乱，也许正是因此，他转而想起了亚瑟的姐姐，想起了他是如何跟迪娜睡在一起的。不论是在她清醒还是酩酊大醉的时候，他都跟她上过床，但每次都感到大失所望。真是令人难以置信。你肯定会以为，这样一个绝色美人就是为爱而生的；但实际上，她只不过是一具空壳、一个冒牌货、一个没有生命的玩偶，而非一个有血有肉的女人。这让他想起了他母亲外套上的纽扣，它们既有琥珀色的，也有半透明的，还有金黄色的。他以前总是很渴望把它们含进嘴里吮吸，期待着能体味到特别的口感。可是，当他付诸实践时，每次都会大失所望，然而，他每次还是会把这种失望忘得一干二净。倒不是说他真的忘记了，而是每当看到它们，他就拒绝相信自己的记忆。

他的思绪又回到了亚瑟身上，也许是他老爸指使他来找我的。瞧瞧他后兜里装的那把枪——不，应该不是。“秃鹫”了解我，他知道我不喜欢拿这事儿开玩笑，他知道我在造访区里是什么样子。不对，是我想多了吧。他不是第一个向我请求的人，也不是第一个落泪的人，有些人甚至还给我下跪呢。而且，他们第一次进来都会带着枪——第一次，也是最后一次。这会是亚瑟的最后一次吗？哦，小子，看样子会是的。你瞧，“秃鹫”，结局就是这样：这是他的最后一次。没错，“秃鹫”老爹，你要是知道你这个从造访区许愿得来的完美儿子的真实想法，肯定会用拐杖把他往死里揍……

他突然感觉前方有什么东西，不算很远，也就三四十码。“停。”他对亚瑟说。

男孩顺从地停下脚步。他反应很快，急停时，一只脚还悬停在半空中，然后缓缓地、小心翼翼地放到地上。雷德里克走到他跟前。矿车轨道在这儿明显下沉，完全隐没在雾霭之中。浓雾中有一个东西，外形很大，一动不动。应该对人无害。雷德里克小心地嗅了嗅空气。是的，对人无害。

“继续走。”他轻声说。等亚瑟迈出一步后，他才紧跟上去。

他用眼角的余光可以瞥到亚瑟的脸。那张脸轮廓分明，皮肤干净无瑕，稀疏的胡须下噘着坚毅的嘴唇。

他们继续往下走，雾气先是没过腰部，然后漫到脖颈。又过了几秒钟，前方隐约显现出倾斜的矿车轮廓。

“好。”雷德里克一边说，一边解下背包，“在原地坐下。抽根烟，歇一会儿。”

亚瑟帮他摘下背包，二人并排坐在生锈的铁轨上。雷德里克打开一个口袋，拿出一袋食物和一壶咖啡。亚瑟打开食物包装，把三明治摆放在背包上面；与此同时，雷德里克从外套里取出酒瓶，拧开瓶盖，闭上眼睛，慢慢地啜了几口。

“来一口吗？”他用手擦擦瓶口，说道，“壮壮胆。”

亚瑟被这话伤了自尊，遂摇摇头。“我不需要喝酒壮胆，舒哈特先生。”他说，“如果你不介意的话，我宁愿喝咖啡。这儿潮气很重啊，对吧？”

“是很潮。”雷德里克赞同道。他把酒瓶放到一边，选了一块三明治吃了起来。“等雾气消散后，你会发现咱们正身处沼泽之中。这地方以前蚊虫成群，那势头可了不得。”

他不再说话，给自己倒了点儿咖啡。咖啡很热，浓郁醇香。此时此刻，咖啡的口感比酒精还要好，有一种家的味道，库塔的味道。而且，不仅是库塔平时的味道，还有她穿着睡衣、在清晨刚刚醒来、脸上还留着枕头印时的味道。我不该卷入此事的，他心想，为了50万元……可我要这些钱有什么用？难道要买一家酒吧吗？得先有钱，才不至于时刻去想它。这是实话，迪克说得对。但我已经有一阵子没想钱了。所以，我要这些钱能干吗？我已经有房子了，还附带花园，在哈蒙特总能找得到工作。是“秃鹫”诱骗了我，那个狗杂种，把我当小孩子一样诱入圈套……

“舒哈特先生，”亚瑟突然开口，向一侧望去，“你真的相信这东西能满足愿望吗？”

“胡扯！”雷德里克心不在焉地说，他举起杯子，停在半空中，“你怎么知道我们来这里找什么东西？”

亚瑟尴尬地笑了笑，用手指捋了捋乌黑的头发，又扯了扯，然后说：“我猜的。我都不记得为什么会这么猜了……呃，首先，我父亲以前嘴里总是唠叨着金球，但不久之前，他突然不说了，转而去拜访你。我知道，不管他怎么说，你俩其实都算不上朋友。而且，他最近变得有点儿怪……”亚瑟忽然想起一件事，便又笑着摇了摇头，“你俩在空地上测试这个飞艇的时候，终于验证了我的猜想。”他拍了拍背包，里面有一个封装袋，热气球就严严实实地装在里面，“说实话，我一直在跟踪你们。当我看到你们用它升起一袋石块，操控它在空中飞行时，一切都变得不言自明了。据我所知，金球是造访区里仅存的一件重物了。”他咬了一口三明治，嚼了嚼，不等咽下去，就若有所思地说：“我唯一不明白的是，你们要怎么把它吊起来，毕竟，它可能会非常滑……”

雷德里克越过杯子继续看着他，心想：这父子俩怎么差异如此之大？他俩之间没有任何共同点，不管是相貌、声音还是心性。“秃鹫”嗓音沙哑，说话阿谀奉承，在某种程度上还很低俗，但是，一说到金球，他就变得魅力十足，你会忍不住听他说下去。

“雷德，”他当时靠在桌子上说，“老一辈潜行者就剩咱俩了，咱们总共才有两条腿，而且都是你的。这事儿除了你，还能有谁来做呢？它可能是造访区里最值钱的东西！你说谁能得到它，嗯？难不成真要被那些操纵机器人的胆小鬼搞到手吗？是我找到的啊！咱们有多少人在寻找的过程中，把性命搭进去了？可它还是让我找到了！我一直给自己留着呢。即使到了现在，我也不愿意把它送给别人。但你也知道，我已经没那个能力了……除了你，没人能办得到。我训练过很多孩子，甚至专门办了一所学校，可惜，一个人都不符合条件，他们不具备优秀潜行者的必要条件。好吧，你不相信我。没关系，你也用不着相信我。钱都归你，你愿意分我多少都行，我知道你不会亏待我。我的双腿可能会重新长回来。两条腿啊，你明白吗？造访区夺走了我的双腿，所以，没准儿它还会还给我？”

“你说什么？”雷德里克回过神来，问道。

“我问：我可以抽支烟吗，舒哈特先生？”

“当然，”舒哈特说，“抽吧。我也想抽一支。”

他把剩余的咖啡一口喝光，掏出一支烟，凝视着薄雾。“秃鹫”疯了，他心想，他就是个疯子，他想要健全的双腿，那个浑蛋……狗杂种……

与“秃鹫”的那些谈话在他心里留下了沉淀，他不知道沉淀下来的是什么，它们非但没有随着时间的流逝而溶解，反而越积越厚。尽管他说不清那是什么，但它确实妨碍了他的生活，好像他从“秃鹫”身上感染了什么似的，不是疾病，而是……意志力？不，不是意志力。那么，究竟是什么呢？好吧，他告诉自己，试试这么想：假设我没有走到这么深的地方，假设我准备就绪，收拾好背包，却突然发生了意外，比如我被逮捕了。那是坏事吗？是，毫无疑问。为什么呢？是因为拿不到钱了吗？不对，不是钱的事。是因为金球会落到“刺耳”和“瘦骨”这些浑蛋手上吗？是的，正是这样。那就太糟糕了。但是，那又算得了什么呢？反正不管怎样，所有珍宝最终都会落到他们手里……

“呼……”亚瑟打了个寒噤，肩膀剧烈颤抖，“我快冻死了。舒哈特先生，要不我还是喝一口酒吧？”

雷德里克默默地掏出酒瓶递给他。你知道吗，我并没有立刻答应，他忽然想到，我连续20次叫“秃鹫”下地狱，但到了第21次，我还是同意了，因为我再也受不了他了。我们上次的谈话非常简短，而且很高效。“嘿，雷德。我带地图来啦。也许你还是想看一眼？”我看着他那脓包一样的眼睛——黄色的眼球中间有个黑色圆点——然后说：“给我吧。”这就是那场谈话的全部。我记得当时我醉醺醺的，我已经连续喝了一星期了，因为我真的很沮丧……哦，他妈的，管他呢！所以我决定去找金球。回想这事儿就跟戳破一摊屎一样，那我干吗还一直回想呢？难道是因为我——害怕了？

他点燃香烟。突然，雾里传来一阵悠长哀伤的吱吱声。雷德里克像是被蜇了一下似的跳起来，亚瑟也跟着同时跳了起来。但转瞬间，周围又安静下来，只能听到脚下的碎石从路堤上哗啦啦滚落的声音。

“可能是矿石沉降的声音。”亚瑟艰难地挤出这几个字，不甚确定地低声说，“那些矿车里有矿石……它们停在这里有些年头了……”

雷德里克向前望去，却什么都看不见。他想起来了，那是一个深夜，他被同样的声音惊醒，那声音也是这样悲伤绵长，像是从梦中钻出来似的，令他惊骇万分。只不过，那不是梦，而是“小猴”的尖叫声。当时，她坐在靠窗的床上，他父亲则在房间另一边与之回应，声音非常相似，悠长的吱吱呼喊声，但同时还夹杂着咯咯的笑声。他们就这么在黑暗中不停地互相呼唤，好像持续了一个世纪又一个世纪……库塔也被惊醒了，她握住雷德里克的手，旋即将湿乎乎的肩膀靠在他身上。他们也仿佛躺在床上听了几个世纪之久。“小猴”终于安静下来，沉入梦乡。他又等了一会儿，这才起床走进厨房，一口气喝掉半瓶白兰地。他就是从那晚开始酗酒的。

“……那些矿石，”亚瑟还在说，“你知道吗，它们会在潮湿、腐蚀以及其他各种因素的作用下，随着时间的流逝而沉降……”

雷德里克看了看他那苍白的脸庞，接着又坐下了。不知怎的，手里那根烟不见了，于是他又点燃一支。

亚瑟稍微多站了一会儿，警惕地东张西望，然后才坐下，轻声说：“我听说造访区里还有人住。不是外星人，而是人类。他们在造访发生时被困在了这里，结果发生了变异……适应了这个新环境。你听说过吗，舒哈特先生？”

“听过。”雷德里克说，“只不过不在这儿，而是在西北方向的群山里。是些牧羊人。”

原来他传染给我的是这个啊，雷德里克心想，是他的疯狂，所以我才会来到这里，我需要的也正是这个。

他的心里慢慢地被一种怪异的、全新的感觉所充盈。他认识到，这种感觉其实并不新鲜，它早就隐藏在内心的某个角落，只是他现在才意识到这一点，一切都变得豁然开朗。而且，以前那个想法，当时看似和年迈之人的疯言疯语一样荒谬至极，结果却成了他仅有的希望和唯一支撑他活下去的意义。直到现在他才明白，只有一件事能支撑他不至于彻底消沉下去，那件事就是希望奇迹会出现。他这个白痴、傻瓜，此前一直把这种希望拒之门外，对它肆意践踏、嘲笑，喝得酩酊大醉，将其抛诸脑后，因为他早已习惯了这样，因为在他的一生中，打儿时起，就没有依靠过任何人，除了他自己。从孩提时代起，衡量这种自力更生能力的准绳始终只有一个，即他在冷漠混乱的环境中能够夺取、占有的金钱数目。他一直就是这么过来的，如果不是发现自己陷入了一个用再多的钱也爬不出来的深渊中，单靠自己根本束手无策，他本来也打算这么持续下去。而现在，这种希望，不，不能说是希望，而是确信奇迹必然会发生的念头，已经完全占据了他的内心，而且，他还惊讶于自己居然能在先前那样无望、阴郁、愁闷的心境中生存下去……

“嘿，潜行者，”他说，“弄脏内裤了？习惯就好，老弟，别不好意思，回家之后，他们会给你洗干净的。”

亚瑟惊讶地看着他，犹豫地笑了笑；与此同时，雷德里克把油乎乎的三明治包装纸攥成一团，扔到矿车下面，然后把胳膊肘垫在脑袋下，躺在背包上。

“好吧，”他说，“假设那个金球的确能满足愿望……你想许什么愿？”

“看来你真的相信它？”亚瑟迅速问道。

“我信不信不重要。回答我的问题。”

他突然很感兴趣，这个刚离开校园的小伙子会向金球许什么愿。他饶有兴致地看着亚瑟皱起眉头，摆弄着胡须，抬头瞥了他一眼，接着又低下头。“呃，当然是许愿让爸爸重获双腿，”亚瑟终于开口道，“还有，许愿家里一切顺遂……”

“骗人，骗人。”雷德里克和颜悦色地说，“伙计，记住这一点：金球只会满足你内心最深处的愿望，就是那种如果实现不了，你随时都会从桥上跳下去的愿望！”

亚瑟·伯布里奇脸红了，又偷瞄了雷德里克一眼，立刻垂下眼睛，脸变得更红了，眼里甚至涌出了泪水。

雷德里克笑盈盈地看着他。“我懂了。”他温柔地说，“行吧，你许什么愿，不关我的事。那你就自个儿保守这个秘密吧。”他忽然想起了那把枪，心想既然现在有时间，就把该处理的事情都处理好。“你屁股兜里装的是什么？”他漫不经心地问。

“枪。”亚瑟喃喃道，随即咬住嘴唇。

“拿枪干吗？”

“射东西啊！”亚瑟挑衅地回答。

“够了。”雷德里克厉声说，然后坐起来，“把枪给我。造访区里没人可以开枪。递给我。”

亚瑟本想说些什么，但他没有开口。他把手伸到背后，掏出那把柯尔特左轮手枪，握住枪管，递给雷德里克。

雷德里克抓住温热的棱纹枪柄，抛向空中，又一把接住，问道：“你有手帕什么的吗？给我，我把它包起来。”

他接过亚瑟的手帕——这只手帕干净无瑕，有一股古龙香水的味道——把枪包好，将其放在铁路枕木上。

“先把枪放这儿。”他解释说，“如果一切顺利，咱们再回来拿。没准儿咱们真会跟巡逻队打一仗。不过，伙计，用这枪跟巡逻队交战——”

亚瑟坚决地摇摇头。“我拿它不是为了跟巡逻队交战。”他恼火地说，“里面只有一颗子弹。万一跟父亲同样的遭遇发生在我身上，我可以用它了结自己。”

“哦，原来如此……”雷德里克缓缓地说，同时冷静地打量着他，“嗯，你无须担心那个。如果真发生那种情况，我会想办法把你拖到这儿的。我保证。你瞧，天亮了。”

眼前的雾消散殆尽。路堤上已经没有雾了，而周遭其他地方的乳白色雾霭也在变薄，慢慢散去，树木林立的圆形山顶也从雾气中探出头来。山峦之间，到处都能看到斑驳的腐臭沼泽，上面稀稀拉拉地覆盖着营养不良的柳树丛。越过山峦，可以在地平线上看到反射着明黄色光芒的山峰，其上方的天空清澈湛蓝。亚瑟回头一瞧，不禁赞叹地叫了起来。雷德里克也转过头去。东方的群山仍旧漆黑一片，它们上方的天空则闪耀着熟悉的绿宝石般的微弱晨光，那是造访区的绿色黎明。雷德里克站起来，解开腰带，说：“你不想撒泡尿吗？记住：我们可能再也没机会撒尿了。”

他绕到矿车后面，蹲在路堤上，一边哼唧着撒尿，一边望着绿光迅速褪去，天空泛起粉红色，橘黄色的太阳从山脉后面爬了上来，山峦立刻投下淡紫色的阴影。紧接着，万物都变得轮廓分明、鲜活且清晰起来，仿佛近在眼前。雷德里克在大约200码开外看到了那架直升机。它看上去好像掉进了一个捕虫阱的中心，整个机身被重力压成了一张金属薄饼。只有机尾完好无损，不过有些轻微弯曲，从这个角度看去，像个黑色吊钩似的在小山丘之间的间隙中支棱着。水平稳定旋翼也没被压扁，在微风中晃动时发出响亮的嘎吱声。看来那个捕虫阱威力不小：直升机并没有起火，被压扁的金属清楚地显示出红蓝相间的皇家空军徽章——雷德里克已经很久没见过这个符号了，他本以为自己早就忘了它的样子。

撒完尿后，雷德里克回到背包旁，取出地图，在装有一堆熔岩的矿车上面摊开。从这里看不到采石场，它被一座小山给挡住了。小山顶上立着一棵被烧焦的树。他们应该从右边绕过小山，穿过它和另一座小山之间的山谷。后一座小山同样清晰可见，寸草不生，整个山坡上铺满了红褐色的碎石。

所有地标都与地图相一致，但雷德里克并不满意。作为经验丰富的潜行者，虽然这样显得荒谬且反常，但他还是本能地抗拒在两座邻近的小山之间行进。好吧，雷德里克心想，到时候看情况吧，大不了我就随机应变。通往山谷的小路横贯沼泽，又穿过一片平坦的空地。从这里看去，那片空地似乎很安全，但仔细一瞧，他才发现小山之间有一个深灰色的斑块。雷德里克瞥了一眼地图，相应的位置上标了一个“×”，旁边潦草地写着“聪明鬼”。代表小路的红色虚线一直延伸到“×”右侧。这个绰号听起来很熟悉，但“聪明鬼”是谁，长什么样，什么时候见过，雷德里克都记不起来了。不知为何，他脑海中唯一浮现出来的只有这样一个场景：在“甜菜汤”烟雾缭绕的房间内，一帮陌生的、凶巴巴的家伙，用又粗又红的大手紧握酒杯，时不时地爆发出雷鸣般的笑声，嘴巴大张，露出满口黄牙——酒吧里聚集了一群难以置信的巨人，这是他年轻时初次进入“甜菜汤”看到的印象最深刻的画面。我当时带过去的是什么来着？我想应该是个空盒子。那会儿刚从造访区里出来，便直奔酒吧，我浑身湿漉漉的，饥饿难耐，却又激动万分，肩上扛着一个袋子。我冲进酒吧，把袋子扔在欧内斯特面前的吧台上，怒气冲冲，四处张望，忍受着震耳欲聋的嘲笑声，等待欧内斯特——他当时也很年轻，跟现在一样打着领结——数出几张美元。不对，那会儿还不是美元，而是一种方形钞票，上面印着一个身披斗篷、头戴桂冠的半裸女人。他把美元放进口袋，接着，出乎他自己意料的是，他竟然从吧台上抓起一个沉甸甸的啤酒杯，使出浑身力气砸到最近的一个哄笑之人的脸上。雷德里克咧嘴一笑，心想：或许“聪明鬼”就是欧内斯特吧？

“在两座小山中间穿行真的安全吗，舒哈特先生？”亚瑟在耳边轻声问道，他来到雷德里克近前，也跟着仔细查看地图。

“看情况吧。”雷德里克说。他依然在盯着地图看，上面还标着另外两个“×”，一个标在山顶立着那棵烧焦的树的山坡上，另一个标在铺满碎石的山顶上。两个“×”旁边分别写着“鬈毛狗”和“四眼”。小路在它们中间穿过。“看情况吧。”他重复道，然后把地图叠好，塞进口袋。

雷德里克上下打量着亚瑟，问道："你拉屎了吗？"紧接着，不等他回答，便命令道，"帮我背上背包……咱们跟之前一样继续走。"他猛地提起背包，调整了一下肩带，"你在前面走，这样我就能随时看到你。别东张西望，但要竖起耳朵。我的命令就是法律。记住：我们待会儿要匍匐行进很远，你可千万别怕弄脏自己。如果我命令你把脸埋在泥里，你就得遵命，什么都别问。把外套拉链拉上。准备好了吗？"

"准备好了。"亚瑟心虚地说。他显然很紧张，脸上的血色消失得无影无踪。

"咱们先朝这个方向走。"雷德里克随手指了指最近的那座小山，离路堤有100步远，"明白了吗？出发吧。"

亚瑟急促地深吸一口气，跨过铁轨，沿着路堤侧身下行。碎石随即在他身后如瀑布般滚落。

"慢点儿，"雷德里克说，"别着急。"

他跟在后面小心地往下走。沉重的背包惯性很大，他便习惯性地调节腿部肌肉来保持平衡。整个过程中，他一直用眼角的余光盯着亚瑟。这小子害怕了，他心想，怕就对了。他也许能预感到危险。如果他有他老爸那样的直觉，那他肯定会有预感。"秃鹫"，要是你知道会发生什么……"秃鹫"，你不会想到，我这次会听从你的建议。"雷德，到了这里，你一个人应付不来。不管你愿不愿意，你必须再带上一个人。你可以带我手下的一个小子，不是每个人我都用得着……"他说服了我。这是我有生以来第一次同意这样的事情。好吧，别想那个了，他心想。也许这次我们会想出别的办法，不至于牺牲亚瑟，毕竟我不是“秃鹫”，也许我们会想出解决办法的。

“停！”他对亚瑟命令道。

小伙在齐踝深的腐水中停下来。等到雷德里克走到他身边时，他已经在泥潭里陷到膝盖部位了。

“看见那块岩石了吗？”雷德里克问，“那儿，在那座小山下面。朝那边走。”

亚瑟继续行进。雷德里克让他先走出10步，然后才跟上去。脚下的沼泽扑哧作响，臭气熏天。这是一片死沼，既没有虫子，也没有青蛙，就连柳树丛都干枯腐烂了。像以前一样，雷德里克一直高度警惕，但现在一切似乎都很正常。他们慢慢地靠近小山，山顶此时与太阳相平齐，紧接着便遮住了东边一半的天空。

抵达岩石的位置时，雷德里克转身回望路堤。只见路堤上洒满了明媚的阳光，一列10节矿车的火车停在轨道上，还有几节矿车脱轨了，侧翻在一旁。它们下方的地面上散落着一摊摊溢出来的红褐色矿石。往更远处看，在火车北面，采石场的方向，铁轨上方的空气朦胧地颤动着，微光闪闪，时不时地有微小的彩虹突然闪亮起来，又转瞬即逝。雷德里克看了看那片微光，朝地上干吐了一口，然后移开目光。

“继续。”他说，亚瑟面色紧张地转向他，“看见那些破布了吗？你看的方向不对！往那儿看，右边……”

“看见了。”亚瑟说。

“那堆破布原来裹着一个‘聪明鬼’。很久以前的事了。他不听前辈的话，所以现在躺在那里，专门给聪明人指路。瞅准他右侧2码的地方。明白没？瞅准目标了吗？瞧，差不多就在那里，柳树丛稍微茂密一点儿的地方……朝那个方向走。走吧！”

他们并肩朝路堤走去。越往前走，脚下的水就越浅，很快，他们就走到了干旱松软的小山丘旁。然而，地图上却依然显示这里是沼泽。雷德里克心想，看来地图过时了。“秃鹫”已经很久没来过这里了，所以没有更新地图。情况不妙啊。的确，在干燥的地面行进要更容易，但我还是希望这儿是沼泽……瞧他那大步流星的劲头，他看着亚瑟想到，就跟在中央大街上溜达似的。

亚瑟显然已经振作起来，正在全速前进。他像是在散步，一只手插进口袋里，另一只手欢快地摆动着。雷德里克从口袋里摸出一颗重约一盎司[①]的坚果，瞄准亚瑟扔了过去，正好击中他的后脑勺。男孩倒抽一口气，双手抱头，身体痛苦地扭动，瘫倒在干草上。雷德里克走到他身旁。

“不能这么走，阿奇。”他教训道，“这不是大马路，我们不是来散步的。”

亚瑟慢慢地站起来，脸色苍白。

“明白了吗？”雷德里克问。

亚瑟咽了咽口水，然后点点头。

“很好。下次我就把你的牙齿打断。如果你还能活着的话。继

---

① 英制质量单位，1盎司约等于28.35克。

续走！”

这小子有成为真正的潜行者的潜质，雷德里克心想。他们可能会叫他“美少男”。“美少男”阿奇。我们以前就有个人叫“美少男”，真名叫迪克逊，但现在，人们都叫他“地鼠”。他是唯一掉进绞肉机里还能幸存下来的潜行者。他很走运。不过，这个怪人至今仍然坚信，是伯布里奇把他从绞肉机里拉出来的。没有的事！没人能把别人从绞肉机里拉出来。伯布里奇确实把他拖出了造访区，这是事实。他的确表现出了一种英雄主义的壮举！但是，如果他不这么做……他那些花招早已把大家激怒了，手底下那些男孩曾直截了当地告诉伯布里奇：如果最后只剩你一个，那你最好别回来了。“秃鹫”的绰号就是在那时获得的，在此之前，他一直被称为“强人”……

雷德里克的左脸突然察觉到一股极其微弱的气流，他便立即不假思索地喊道：“停！”

他把胳膊伸向左侧。那边气流更明显了。在他们和路堤之间的某个地方，有一个捕虫阱，没准儿它还沿着路堤向前挪动呢。看来那些矿车不是平白无故翻倒的。亚瑟像被钉在地上似的站在那里。他甚至都没有转身去瞧。

“再往右边走走。”雷德里克命令道，“快走。”

唉，他肯定能成为一个优秀的潜行者……管他呢，我是在为他感到难过吗？这正合我意。难道有人为我感到难过吗？事实上是有的。比如基里尔，比如迪克·努南。但坦白讲，也许努南更喜欢对库塔频送秋波，而不是为我感到难过。不过，没准儿他还是为我感到难过的，对一个体面人来说，这两点并不冲突。只是，我没有机会为任何人感到难过。我面临一个抉择：他或她，只能选一个。他第一次有意识地认识到自己的选择：要么选这个男孩，要么选我的“小猴”。根本无须抉择，用大拇指都能想出来应该选谁。但前提是奇迹真的能发生，一个将信将疑的声音在他脑子里响起，这令他感到很害怕，于是拼命压制了这个念头。

他们从那堆灰色的破布旁边经过。“聪明鬼”的尸骸已经消失殆尽，只剩下一根长长的、锈蚀不堪的棍子，躺在不远处的干草里。那是探雷针。有一段时间，探雷针曾经被大量使用，人们偷偷地从军需官那里购买，并且像信任上帝那样信任它们。后来，有两名潜行者在短短几天内相继死于地下高压放电，从那以后，就再也没人用探雷针了……

话说回来，那个“聪明鬼”到底是谁呢？是“秃鹫”把他带到这儿的，还是自己过来的？为什么他们都纷纷到这片采石场来？为什么我以前从未听说过这里？见鬼，好热啊！现在才早上啊。谁知道再过会儿会热成什么样？

距他五步开外的亚瑟抬起手，擦了擦额头上的汗。雷德里克用怀疑的目光看了看太阳，它依然低悬于空中。就在这时，他忽然意识到，他们脚下的干草已不再发出沙沙声，而是像马铃薯淀粉那样嘎吱作响，因为那些干草不像刚才那般坚硬多刺，而是又软又黏，一脚踩下去，便像一片片烟灰似的碎裂开来。然后，他看到了亚瑟留下的清晰的脚印，迅速扑倒在地，大喊：“快趴下！”

他脸朝下扎进草里，一碰到脸，草丛就化作了粉末。他急得咬紧牙关：运气太差了。他趴在那里，尽量保持不动，虽然知道遇到麻烦了，但他心中还抱有一丝希望，祈求能熬过这一阵。热量越来越高，压迫着他，像一张浸透了滚烫的热水的床单般包裹住整个身体。汗液汩汩地流进眼睛里。雷德里克迟缓地对亚瑟喊道："别动！等等！"随后，他也在原地等待着。

他本来可以等麻烦过去，一切都会恢复正常，他们充其量也就流点儿汗而已。但亚瑟失去了理智。他要么没听到雷德里克对他喊什么，要么已被吓得魂不附体，要么经受了比雷德里克更滚烫的热气。不管怎样，他控制不住地放声号叫，没头苍蝇似的乱跑一气，蜷着身子跑回了刚才的地方，那正是他们想要不惜一切代价避开的位置。雷德里克根本来不及坐起来，他用双手抓住亚瑟的一条腿，后者随即重重地摔在地上，用超高音调尖叫一声，另一只脚踹了一下雷德里克的脸，然后拼命地扭动扑腾。但雷德里克不顾疼痛，他爬到亚瑟身上，把脸压在他的皮夹克上，试图把他的身体牢牢按在地上。为了固定住亚瑟剧烈抽动的脑袋，雷德里克用双手揪住他的长发，同时用膝盖和鞋尖使劲抵住他的双腿、屁股和地面。他隐约听到身下的亚瑟发出阵阵呻吟，他嘶吼道："趴好，你这浑蛋，趴好，不然我宰了你。"此时，汹涌的热浪不断地往他身上压，他的衣服已经烧着了，腿部和身体两侧的皮肤也被烫得起了水泡，噼啪开裂。雷德里克把前额埋在灰烬里，用胸膛死命压着那该死的孩子。他也受不了了，便拼命尖叫起来……

他不记得这一切是什么时候结束的，只注意到自己又能呼吸了，灼烧喉咙的滚烫蒸汽又变成了正常的空气。他意识到，为避免热浪再次袭来，他们必须迅速行动，立刻离开这个地狱般的烤炉。他从一动不动地趴着的亚瑟身上下来。用一条胳膊抱住亚瑟的双腿，另一只手抓在地上向前爬，眼神始终没从草地的边界线上移开。那些草干枯多刺，却是真正的草。此时此刻，那里似乎成了地球上最壮美的地方。草灰塞进了牙缝，咬下去咯吱作响。残余的热浪还在扑打着他的脸，汗液直往眼睛里钻，可能是因为眉毛和睫毛都被烧光了。亚瑟在他后面慢吞吞地爬，他那件讨厌的夹克像是被什么东西故意钩烂了似的。雷德里克被烫伤的屁股灼痛不已，每动一下，背包就狠狠地撞一下他那被灼伤的后脑勺。疼痛和酷热让雷德里克恐惧地心想，他已被彻底蒸熟，肯定挺不过去了。在恐惧的驱使下，他更加拼命地摆动手肘和膝盖向前爬，同时用焦干的喉咙把他能想到的最卑鄙的绰号吼了出来。随后，他突然想起，外套里有一瓶还没怎么喝的酒呢。这令他心花怒放。我的心肝小宝贝儿啊，那酒可不会让我失望，我只需要继续往前爬，向前一点，坚持一下，雷德里克，坚持住，雷德，再向前一点，这该死的造访区，该死的无水沼泽，该死的上帝和所有的天使，该死的外星人，还有该死的“秃鹫”……

他在那里趴了一会儿，把脸和手浸在冰凉的锈水里，畅快地呼吸着冰冷空气中的腐臭气息。真想就这么一直躺下去，但他还是强迫自己跪起来，摘下背包，手脚并用朝亚瑟爬过去。那小子纹丝不动地趴在离沼泽30英尺的地方。雷德里克把他翻了个身。唉，他原来确是个帅小伙，可现在，那张俊俏的小脸看起来就像一张由草灰和凝血制成的黑灰相间的面具。雷德里克纯属好奇地观察了几秒面具上的纵向纹路——看上去像是山丘和岩石一般——然后站起来，抓住亚瑟的腋窝，把他拖到水边。亚瑟呼哧呼哧地喘着粗气，不时呻吟一声。雷德里克把他脸朝下丢到最大的水坑里，并瘫倒在他身旁，再次愉悦地感受着冰冷锈水的爱抚。亚瑟在水里咕噜几声，身体剧烈扑腾，把胳膊放到身下撑着，抬起脑袋。他的眼睛向外鼓凸，眼神中写满困惑，贪婪地吞咽着空气，咳嗽着吐出嘴里的水。最后，他的目光终于恢复了神采，死死地瞪着雷德里克。

“啊，”他一边说，一边晃着头把脏水甩出去，“刚才那是什么，舒哈特先生？”

“是死亡。”雷德里克咕哝道，突然也咳嗽起来。他摸摸自己的脸，很疼，鼻子也肿了，但奇怪的是，两条眉毛居然完好无缺，手上的皮肤也安然无恙，只是有点儿发红。我猜我的屁股也没被烧得只剩骨头。想到这里，他摸了摸屁股。不，绝对没有，就连裤子都完好无损。仿佛刚刚烫到他的只是开水。

亚瑟也小心翼翼地在脸上摸来摸去。那张可怕的面具已经被水洗掉了，出乎意料的是，他的脸也只有几处擦伤，额头上有一道小口子，下唇裂开了，但总体来说没有大碍。

“我从来没听说过这样的事。”亚瑟一边说，一边环顾四周。

雷德里克也跟着举目四望。灰白的草灰上留下了许多痕迹。雷德里克惊讶地发现，为了躲避被烫死的命运，他方才爬过的那段骇人的、像是永无止境的路程竟然如此之短。那片被烧尽的干草地，从这头到那头，仅有二三十码的距离，但在恐惧外加什么都看不见的情况下，他像热锅上的蚂蚁似的曲折行进。谢天谢地，至少我爬的方向差不多是对的，否则我没准儿就跌进捕虫阱里了，也可能爬到了完全相反的方向——不，我不会的，他气愤地想道。某些菜鸟可能会这样，但我可不是菜鸟，而且，如果不是因为这个白痴，这一切根本不会发生，顶多也就屁股上被烫一下，别的什么事儿都不会有。

他看了亚瑟一眼。亚瑟一边洗脸一边咕哝，一碰到伤口就痛得直哼唧。雷德里克站起来，被烤硬的衣服紧贴着皮肤，疼得他龇牙咧嘴。他走到干地上，弯腰去看背包的情况。背包被烫得不轻，最上面的口袋已经完全烧焦了，急救包里药瓶也都爆开了，溅出的药水留下淡黄色污点，散发着令人作呕的恶臭。雷德里克打开一个口袋，清理起里面的塑料和玻璃碎片来。这时，亚瑟在他身后说：“谢谢你，舒哈特先生！你把我拖出来了。”

雷德里克没吱声。*去你妈的谢谢！我救你这条狗命是有用的。*

“都是我的错。”亚瑟继续说，“我确实听到了你命令我趴下，但我当时怕得要命。当热浪袭来的时候，我就彻底丧失了理智。我这人特别怕疼，舒哈特先生。”

“起来。”雷德里克头也不回地说，“刚才只不过是小菜一碟。起来，别懒洋洋地躺着了。”

被烫伤的肩膀令他疼得咝咝倒吸气。他把背包背到背上，将胳膊伸进肩带里。感觉烫伤部位的皮肤已经皱缩了，那块儿全是让人痛苦不已的褶皱。

亚瑟还说他很怕疼……*我可去你妈的吧，疼你个鬼！*雷德里克四处张望，还行，他们并未偏离那条小路。现在该往横陈尸体的山丘方向走了。那两座可恶的山丘，耸立在那里，王八蛋，像一对该死的屁股一样朝天撅着，还有它们之间那该死的山谷。他不由自主地嗅了嗅空气。啊，那道朽烂的山谷，肯定困难重重。真该死。

“看见那两座山丘之间的山谷了吗？”他问亚瑟。

“看见了。”

“直奔那个方向。出发！”

亚瑟用手背擦了擦鼻子，向前走去，在水坑中溅起一朵朵水花。他弯着腰，小心翼翼地行进，先前步伐笔直矫健的劲头已经消散，现在走起路来一瘸一拐的。我又从死神手里拽出来一个，雷德里克心想。我总共救过几个了？5个，还是6个？关键问题是：干吗要救他？他是谁啊？又不是我的亲生骨肉。我凭什么对他负责？听着，雷德，你为什么要把他拖出来？为了救他，我自己都险些翘辫子。现在头脑恢复了清醒，我才明白：我救他出来是对的，没有他，我一个人搞不定这档子事，他就像我拯救“小猴”的人质。我拖出来的不是他，而是我自己的探雷针、我的钓饵、一把钥匙。但是，刚才在那边的热浪里，我压根儿就没想过这些。我把他当家人一样救了出来，甚至连抛弃他的念头都没动过，虽然我当时把一切都抛诸脑后了，无论是钥匙还是我的“小猴”。所以，结论是什么？结论就是：我的确是一个好人。库塔一直这么说我，已故的基里尔也坚持认为是这样，而理查德也经常喋喋不休地这么夸我……对，没错，我是个好人！他对自己说，别想了！在这个地方，美德可不是什么好东西！你得三思而后行。这是最后一次救他，明白吗？不能再当好心人了……我得留着他，到绞肉机那里用得着，他冷酷且清醒地想到，在造访区里，不管什么你都能自己搞定，除了绞肉机。

“停！”他对亚瑟说。

山谷就在前面。亚瑟停下脚步，困惑地看着雷德里克。山谷的地面上覆盖着一层呕吐物般的绿色液体，在阳光下油光闪闪。一股淡淡的蒸汽从液体表面上升腾起来，在山间越往里就越浓稠，30英尺之外就什么都看不见了，而且还臭气熏天。天知道这混杂物里腐烂的是什么东西，但对雷德里克来说，就算是把10万个臭鸡蛋捣碎，倒进10万个变质的鱼头和死猫堆里，也难敌山谷里的恶臭。会有点儿难闻，雷德，所以，你懂的……别临阵退缩。

亚瑟喉咙里咕哝一声，后退几步。雷德里克甩甩麻木的脑袋，让自己更清醒一些，急忙从口袋里掏出一包浸在古龙水里的棉球，塞进鼻孔，把剩下的递给亚瑟。

“谢谢你，舒哈特先生。”亚瑟有气无力地说，“咱们不能从山顶绕过去吗？”

雷德里克一声不吭地揪住他的头发，把他的头转向岩石上的那堆破布。

“那原来是‘四眼’。”他说，“左边山丘上那个，从这里看不见，躺着的是‘鬈毛狗’，也是只剩一堆破布了。明白没？继续走。”

地上的液体又热又黏，跟脓液似的。一开始，他们在齐腰深的黏液中直立行走，幸运的是，脚下的地面都是岩石，且相对平坦。但很快，雷德里克就听到两边传来熟悉的嗡嗡声。左侧山丘阳光普照，空无一物，但右侧背阴的山坡上却满是翩然起舞的淡紫色光线。

“弯腰！”他咬着牙命令道，同时弯下腰来，“再低一些，蠢货！”他喊道。

亚瑟弯下腰，心中恐惧不已。突然，一声惊雷将空气撕开。一道分岔的闪电在他们头顶正上方狂舞，在明亮的天空背景下几不可见。亚瑟蹲下身，让黏液没到脖颈部位。除了雷声，雷德里克什么也听不见，他转过头，在碎石堆附近的阴影中看到一个深红色的亮点迅速变暗，却又立即被第二道闪电击中。

“继续走！继续走！”他吼道，但雷声盖过了他自己的声音。

他们一前一后蹲着向前走，只从黏液中露出一个脑袋。每打一道闪电，雷德里克就看到亚瑟的长发随之竖起，同时感觉好似有一千根针扎在他的脸上。“继续走！”他单调地重复道，“继续走！”他已经什么都听不见了。其间有一次，亚瑟转过头，把侧脸对着他。他看到前者那只睁得大大的、写满恐惧的眼睛，正在斜视着自己，苍白的双唇哆哆嗦嗦，汗涔涔的脸颊上沾满了绿色黏液。接下来的闪电位置很低，他们不得不把头也没进黏液里。嘴巴被绿色黏液粘住，呼吸变得极为困难。雷德里克把鼻孔里的棉花掏出来，大口喘气，这时，他发现臭味已经没了，空气里弥漫着刺鼻的新鲜空气的味道。不过，周围的蒸汽却越来越浓，也许是眼前的东西正变得越来越暗，反正他再也看不见左右两侧的山丘了。除了沾满绿色黏液的亚瑟的脑袋，以及在身边打转的黄色蒸汽，他什么都看不见了。

我能穿过去，我能穿过去，雷德里克心想，又不是第一次了。

这简直就是我人生的写照：深陷粪坑中，头顶上电闪雷鸣，我这辈子一直这样。这些臭粪水是从哪儿来的？简直太多了……同一个地方竟有这么多粪水，真是令人难以置信，好像全世界的粪水都流到这儿来了……这就是“秃鹫”干的，他愤愤地想。“秃鹫”来过这里，把这个烂摊子甩在了身后。“四眼”在右边翘了辫子，“鬈毛狗”在左边翘了辫子，因此，“秃鹫”便在他们中间取道，从黏液里穿了过去。你活该，他对自己说，所有追随“秃鹫”足迹的人最后都不会有好下场，难道你到现在还没学到教训？正是因为有太多“秃鹫”这样的人，所以世界上再也没有干净的角落，整个世界都污秽不堪……努南是个白痴。雷德里克，他说，你是平衡的破坏者、和平的扰乱者，对你来说，不管什么秩序都是坏的，坏秩序是坏的，好秩序也是坏的，因为有你这种人存在，所以世界上永远不可能有天堂。*你他妈怎么知道，死胖子？我什么时候见到过好的秩序？你什么时候见到过我身处好的秩序之中？*在我一生当中，我见过基里尔和“四眼”这样的人长眠于坟墓中，如此一来，“秃鹫”们就可以像虫子一样在他们的尸骸间以及尸骸之上爬行，然后不停地排泄、排泄、排泄……

他踩到一颗松动的石头，滑了一跤，整个身体淹没到黏液里。浮出液面时，他看到亚瑟扭曲的脸庞和鼓凸的眼睛就在跟前。在那一瞬，他浑身发冷，以为自己迷失了方向。但实际上并没有。他立刻意识到，他们必须往在黏液表面支棱出的黑色岩石尖的方向走。尽管那块岩石是他在黄色雾霭中能看到的唯一东西，但他还是意识到了这一点。

“停！”他大喊道，“再往右走！绕到岩石右边去！”

他听不见自己的声音了，只好追上亚瑟，抓住他的肩膀，用手指向目标方向：*往岩石右边走，保持低头姿势*。你会为此付出代价的，他心想。走到那块岩石旁，亚瑟潜入黏液里，立时有一道闪电噼啪一声，击中了黑色的岩石尖，炽热的红色碎块四散开来。你会为此付出代价的，他在心里重复道，随即也将脑袋潜入黏液中，胳膊和双腿奋力摆动。又一声惊雷在耳朵里轰隆隆回响。你会后悔来到这个世界上！脑海里掠过一个转瞬而逝的念头：我在和谁讲话？我不知道。但必须有人付出代价，必须有人为我的遭遇付出代价！你给我等着，等我走到金球那儿，等我走到金球那儿，我会把这粪水灌进你的喉咙，反正我又不是“秃鹫”，我会让你按我自己的方式回应我……

终于来到了干燥的地面上，来到被阳光烤得白热的碎石上，他们已经被震得什么都听不见了，胃里翻江倒海，便互相搀扶着以免摔倒。雷德里克看到一辆卡车，车轴下陷，上面的油漆早已剥落。他隐约记起，他们可以在那辆车的阴影中歇口气。于是，他们便爬了过去。亚瑟躺在地上，用毫无血色的手指拉开外套拉链，雷德里克则倚在卡车车身上，在碎石上尽可能把手上的黏液擦掉，然后把手伸进夹克里。

“我也要喝点儿。”亚瑟说，“给我也来点儿，舒哈特先生。”

令雷德里克惊讶的是，这小子的声音居然那么洪亮。他抿了一口，闭上眼睛，倾听着火辣纯净的烈酒涌进喉咙，穿过胸膛。接着，他又喝了一口，然后把酒瓶递给亚瑟。结束了，他无精打采地想，我们成功了，我们成功地穿过了恶臭粪水。是时候跟你算算账了。你以为我会忘？不，我什么都记得。你以为你没把我淹死在粪水里，而是让我活了下来，我就会对你感激不尽？去你妈的吧！我不会感谢你的。你要完蛋了，明白吗？我要把这些统统除掉。现在轮到我做决定了。我，雷德里克·舒哈特，拥有清醒的判断力和健全的头脑，将要为每个人、每件事做出决定。至于其他人，“秃鹫”们、“讨厌鬼”们、外星人们、“瘦骨”们、“科特布莱德”们、“寄生虫”们、“刺耳”们——你们西装革履，干净时髦，提着公文包，道貌岸然地口若悬河，摆出一副施舍的姿态，提供着就业机会，换取永续电池、捕虫阱，为人们描绘出一幅美好前景——我受够了被你们牵着鼻子走，我这辈子始终被人牵着鼻子走，我一直像个白痴一样跟别人自吹自擂，说我乐意做什么就做什么，你们这些王八蛋只会虚伪地点头，互相使眼色，然后继续牵着我的鼻子，拖着我，拽着我，穿过地狱一样的造访区，穿过监狱，穿过酒吧……够了！他解开背包肩带，从亚瑟手中接过酒瓶。

“我从来没想过……”亚瑟用一种略微困惑的语气说，“这种情况我根本想象不到。我当然知道会有死亡、烈火之类的。但刚才的经历，无论如何都想不到！咱们返程时可怎么办呢？”

雷德里克并未听他讲话。这小子说什么都已不再重要。其实之前他的话也不重要，但至少那会儿雷德里克还把他当人看待。而现在呢，他……什么都不是，只不过是一把会说话的钥匙。它愿意说什么就随它去吧。

“要是能清洗一下就好了。”亚瑟不安地东张西望，“哪怕只是洗把脸也行……”

雷德里克心不在焉地瞥了他一眼，只见他的头发乱蓬蓬的，脸上沾满干掉的黏液，上面全是指印，而且，他浑身上下结了一层龟裂的烂泥。但雷德里克对他什么感觉都没有，既不怜悯也不生气。就是一把会说话的钥匙罢了。他移开目光。一片宽阔荒凉的空地在他们眼前摊开，像是废弃的建筑工地，地上散落着尖利的砾石，铺着一层白色尘土，上面洒满了刺目的阳光。阳光白炽、滚烫、来势汹汹，所照之处寸草不生，令人难以承受。从这里可以看到采石场的另一端，也是白得耀眼，而且从这个距离望去，显得非常平滑且干净。采石场近端散落着许多巨石，入口处就在挖掘工人的红色小屋旁，小屋在巨石间显得格外显眼。那是唯一的地标。他们必须朝那边直走，能否抵达，全凭运气。

亚瑟突然坐起来，把手伸到卡车下面，拽出一个生锈的铁罐。

“你瞧，舒哈特先生，”他变得更加欢快起来，“这肯定是我父亲留下的。下面还有呢。”

雷德里克没吭声。*你不该说这些的，他冷漠地想，你最好别提你父亲，最好闭上你那张臭嘴。*不过，其实你说什么都无所谓……他站起来，疼得咝咝倒吸气，因为衣服都粘在肉上了，粘在了被烫伤的皮肤上，而现在，衣服从皮肤上扯开，随即引起一阵剧痛，就像扯掉伤口上干掉的绷带一般。亚瑟也跟着站起身，咝咝地倒吸气，同时疼得呻吟起来，用极度痛苦的眼神看了雷德里克一眼。很显然，他真的很想抱怨，但又没那个胆，只敢克制地压低嗓音说：“我可以再喝一口吗，舒哈特先生？”

雷德里克把手里的酒瓶收了起来，说：“看见岩石之间那个红色的东西了吗？”

“嗯。”亚瑟战栗地喘着粗气说。

“朝那边直走。出发。”

亚瑟伸了伸懒腰，呻吟一声，挺起胸脯，疼得龇牙咧嘴。他环顾四周，然后说：“要是能洗一洗该多好……全身上下黏糊糊的。”

雷德里克一语不发。亚瑟看着他，深知无望，遂点点头，迈开步子，但又突然停了下来。

“背包，”他说，“你忘了背包，舒哈特先生。”

“往前走！”雷德里克命令道。

他既不想解释，也不想撒谎，而且不管怎样，都没必要就此说些什么。这小子必须继续往前走，他别无选择，他必须走。亚瑟便开动起来。他弓着腰，步履艰难地拖着脚向前走，试图把牢牢地粘在脸上的东西撕下来。此刻，他看起来是那么小，那么楚楚可怜，那么瘦骨嶙峋，仿若一只浑身湿透的小流浪猫。雷德里克紧随其后，一走出阴凉处，就感受到了阳光的烘烤，暂时失了明。他用手挡住脸，后悔没把墨镜带来。

每走一步都扬起一小团白色尘土，灰尘落到靴子上，发出阵阵恶臭。或者更确切地说，是亚瑟臭气熏天，跟在他身后简直难以忍受。过了好一会儿，雷德里克才意识到，臭味其实主要来自他自己。这气味太难闻了，但不知何故，闻起来却很熟悉。以前刮北风的时候，把工厂的烟雾刮到街道上，镇子上就满是这种臭味。他那身材高大、面色阴郁、眼睛通红的父亲在世时，每次下班回家，浑身也会散发出同样的味道。每当这时，雷德里克都会急忙躲进远处的角落里，怯生生地看着父亲扯下工作服，扔进母亲怀里，接着把那双磨破的大靴子从大脚上脱下来，塞到衣帽架下面，然后穿着袜子缓缓走进浴室，留下一串脏兮兮的脚印。他会在浴室里待很长时间，一边嚷嚷，一边大声拍打湿漉漉的身体，脸盆叮当响，他轻声咕哝几句，最后冲外面大吼道："玛利亚！你睡着了吗？"父亲洗澡的时候，他依然在角落里等着。洗完之后，他会坐到餐桌旁。此时，桌上已经摆好了半品脱[①]伏特加、一大盘浓汤、一罐番茄酱。等他喝完酒，喝光汤，打个嗝，开始享用肉和豆子时，雷德里克才敢出来，爬到他的膝盖上，问他今天又把哪个工头、哪个工程师丢进硫酸里了……

周围的一切都热得让人难以承受，干燥酷热、恶臭和疲惫令他感到恶心想吐。皮肤被烫伤，关节处起了水泡，刺痛不已，他的皮肤似乎正透过笼罩他意识的热气对他尖叫，向他乞求安宁、水和凉爽。记忆如此模糊，显得像是别人的，在他肿胀的大脑里挤得满满当当，你推我搡，相互交融，与外面闷热的白色世界交织在一起，在他半睁的眼前群魔乱舞。那都是些痛苦的记忆，都散发着恶臭，而且都激起了他强烈的同情或怨愤之情。他试图冲破这种混沌，努力从过往中唤起某种美好的幻景，以及幸福或爱的感觉。他把库塔清新的笑容从记忆深处挤了出来，那是她少女时代的脸，充满渴望，天真无邪。那张脸只浮现了一会儿，紧接着就被铁锈淹没，扭

① 容积单位，1品脱于英、美代表不同容量。1英制品脱约等于568毫升，1美制干量品脱约等于550毫升，1美制湿量品脱约等于473毫升。

扭曲曲，最后变成了阴郁的、毛茸茸的“小猴”的脸，脸上长满了粗糙的棕色长毛。他试图忆起基里尔，那是个圣徒般的人，试图忆起他敏捷明确的肢体动作、他的大笑、他说话的声音，忆起他曾许诺过世界将会变成美妙得不可思议的乐土，基里尔果然出现在了他面前。然而，阳光下却浮现出一张熠熠生辉的蛛网，基里尔瞬间消失，取而代之的是“刺耳”休，他用那双永不眨动的、天使般的眼睛盯着雷德里克的脸庞，那只苍白的大手正在掂量陶瓷容器的重量。潜藏于意识中的一些黑暗力量立刻冲破了他用意志搭建的屏障，将仅存的那点儿美好回忆之光都扑灭了，但实际上，似乎从来都没有什么美好回忆，只有一张张奸笑的脸……

他一直以来就是个潜行者。根本用不着思考，也用不着观察，甚至用不着回忆，这里的一切已经刻入他的骨髓里了：在左边安全的距离之外，有一个“快乐幽灵”在一堆旧木板上方盘旋，它很安静，能量都耗光了，所以不必担心；与此同时，在右边，一阵微风开始吹了起来；不出几步，他看到了一个捕虫阱，平滑如镜，像海星般伸出很多“腕”——不用害怕，离他们远得很——在捕虫阱中心有一只被压扁的鸟，这可真稀奇，因为造访区上空几乎从来没有鸟飞过；在小路旁边有两个被人丢弃的空盒子，估计是“秃鹫”在回程时丢在那儿的，看来恐惧还是战胜了他的贪婪。他把这一切都谨记在心，将其全部纳入考虑之中，一旦容貌受损的亚瑟迈错一只脚，雷德里克的嘴巴就会自动张开，嘶喊的警告声会自行飞出来。就是一台机器，他心想，你把我变成了一台机器……他们离采石场边上破碎的巨石越来越近，他已经能辨认出小屋红色屋顶上错综复杂的锈斑了。

你是个傻瓜，伯布里奇，雷德里克心想，虽然你很狡猾，但你依然是个傻瓜。你怎么会相信我呢，嗯？自打我小时候，你就认识我了，你应该比我更了解我自己。为什么呢？因为你老了，所以越来越傻。但不得不说的是，你这辈子一直在跟傻瓜打交道。他想象着当“秃鹫”伯布里奇发现亚瑟——他的小阿奇，俊俏男孩，他的亲生骨肉，不是哪个没用的废物，而是他的儿子，他的心肝宝贝，他的骄傲——跟随雷德里克，沿着他的足迹进入造访区时，他脸上的表情……想象着那张脸，雷德里克哈哈大笑。亚瑟被吓得回头看他，他便继续咆哮，并做了个手势示意道：向前走，向前走！随后，他脑海里再次浮现出一连串笑盈盈的脸，一张接一张地飘过，像是掠过屏幕一般。这一切必须改变。不是拯救一两条生命，也不是改变一两个人的命运，而是这个腐臭世界的每一个细微之处都要彻底改变……

亚瑟在通往采石场的陡峭斜坡前停下脚步，一动不动地站在那里，伸长脖子，低头向远处张望。雷德里克跟上来，在他身边停下。但他并没有望向亚瑟注目的方向。

脚下就是通往采石场深处的道路，是很多年前由重型卡车的履带和轮胎碾压形成的。右边的斜坡呈白色，被晒得开裂了，而左边的斜坡已被部分挖开，看那边，在巨石和碎石堆之间停着一辆挖掘机，车身倾斜，放低的铲斗蔫儿了似的耷拉在路边上。而且，正如他预料的那样，路上什么都看不到，除了扭曲的黑色钟乳石——看上去像是粗大的螺旋形蜡烛，悬垂在铲斗旁边粗糙的岩壁上，以及尘土中露出的大量黑色斑点——仿佛有人把沥青洒在了地上似的。这些是采石场里仅剩的黑色斑点了，你甚至记不清这里曾经有过多少。也许每个斑点代表了一个人，或者代表了伯布里奇的一个愿望。你瞧那个，那是“秃鹫”许愿能从第七建筑群的地下室里平安归来；那边那个稍大一些的，是“秃鹫”许愿能把“移动磁铁”从造访区里完好无损地带出去；再瞧那个，是他许愿得到一个完美女儿，亦即性感的迪娜·伯布里奇，令所有人垂涎三尺的荡妇，她长得既不像妈妈，也不像爸爸；还有那个，是亚瑟·伯布里奇，那个俊俏小伙，“秃鹫”的宝贝，他的长相也跟父母毫无共同之处……

“咱们成功了！”亚瑟欣喜若狂，扯着嗓子叫喊，“舒哈特先生，咱们最终还是成功了，对吧？”

他开心地笑了，蹲下身子，用力将双拳捶到地上，头顶上那团乱糟糟的头发古怪而滑稽地随之抖动，把一块块干掉的泥土甩向四面八方。直到这时，雷德里克才抬起头，小心翼翼、忧心忡忡地望向金球，隐隐担心结果会与期望的大相径庭：它可能会令他失望、产生怀疑，将好不容易爬上天堂的他扔下去，让他在下坠的过程中被污秽噎死……

它其实不是金色的，而是更接近铜的微红，表面异常光滑，在阳光下闪着沉闷的光泽。它躺在采石场远端的墙下，舒服地依偎在矿石堆之间。即使隔这么远，照样能看出它有多么大，以及压在地上的重量有多么沉。

它没有什么让人失望或产生怀疑的迹象，但同时也没表现出能够激发希望的潜质。不知怎的，金球立刻给人一种它是空心的感觉，而且由于阳光炙烤，摸上去一定很烫。很显然，它自身并不发光，也不能像传说中的那样飘在空中翩然起舞。它就那么静静地躺在原本掉落的地方。它可能是从某个巨大的口袋里掉出来的，也可能是一些巨人在玩游戏的过程中把它弄丢，滚到了这里——它不像是被特意放置在那里的，而是像造访留下的空盒子、手镯、电池和其他乱七八糟的玩意儿一样，被随意地散落至此。

但与此同时，它还有些迷人的特质，雷德里克盯着它看得越久，就越明显地觉得这样做令他分外愉快，他想接近它，触摸它，甚至抚摩它。不知什么原因，他突然想到，在它旁边坐下可能会感觉很不错；要是倚靠着它，脑袋后仰，闭上眼睛，琢磨琢磨事，追忆往昔，甚至会更好；或者干脆打个盹儿，休息一下……

亚瑟跳起来，迅速拉开夹克上的拉链，扯下夹克，用尽浑身力气扔到脚下，扬起一团白色尘土。他大声叫喊，扮着鬼脸，挥舞双臂，然后把双手背到身后，蹦蹦跳跳地下了斜坡，身体随之舞动，同时用双脚做出复杂的舞步。他不再去看雷德里克，他已经忘掉了雷德里克，他把一切都忘得一干二净。他一心只想实现自己的愿望，那是一个大学生深藏心底的小愿望，在他的一生中，除了所谓的零用钱，从未见到过更多的钱，这孩子每次回家，哪怕身上只有一丁点儿酒味，都会被残忍地殴打，他从小就被严格培养，立志要成为一个著名律师，之后成为一名参议员，终极目标是理所当然地成为总统。雷德里克迎着刺目的阳光，眯起红肿的眼睛默默地看着他。他态度冷漠，十分镇定，他知道将会发生什么，他也知道自己不会去看。但目前还是可以看的，于是他便继续盯着亚瑟，除了在心底某个角落，好似有一只小虫开始不安地蠕动，扭动着它那多刺的小脑袋，他的内心毫无波澜。

男孩还在沿着陡峭的斜坡往下走，一路上蹦蹦跳跳，随着某种特别的节拍踢踏着双脚，鞋跟下扬起白色灰尘，他声嘶力竭地叫喊着，声音非常清晰，语气也十分欢快和庄严，听上去像是一首歌或一段咒语。雷德里克心想，这应该是采石场历史上第一次有人用这种方式走下这条路，像是去参加一场派对似的。一开始，他听不清那把会说话的钥匙在喊什么，但随后，身体里仿佛有个开关被打开了，他便听到：

“愿每个人都幸福！自由！想要多少幸福就有多少！大家聚到一起！足够所有人享用的幸福！没有人会被遗忘！自由！幸福！自由！”

突然间，亚瑟安静下来，好像有一只大手使劲往他嘴里塞了一团封口布。雷德里克看到潜伏在挖掘机铲斗阴影中的“透明虚空”抓住了他，猛地抛向空中，然后慢慢地、用力地拧着他的身体，就跟家庭主妇拧干衣服一样。雷德里克注意到，亚瑟的一只布满灰尘的鞋子从抽搐的脚上脱落下来，高高地飞到采石场上空。他转身坐在地上。他的大脑一片空白，不知为什么，他感觉不到自己的存在了。空气中死一般地寂静，尤其是在他身后的那条路上，更是静得可怕。这时，他想起了那瓶酒，但他没有了平常喝酒时的快乐，此刻喝酒，只不过跟到时间吃药是一个作用。他拧开瓶盖，小口小口地喝着，有生以来第一次，他希望瓶子里装的不是酒，而是凉水。

过了一段时间，脑子里开始形成稍微连贯一些的意识。嗯，结束了，他不情愿地想，那条路畅通了，他其实现在就可以过去，不过，当然了，最好再稍微等会儿。绞肉机可能很狡猾。不管怎么说，我需要好好思考。问题在于，我不习惯思考。“思考”到底是什么意思？“思考”意味着以智取胜、愚弄、诈骗，但这些在这里都不管用……

好吧，想想“小猴”，想想父亲的遭遇……我要让他们为这一切付出代价，希望那些王八蛋痛不欲生，让他们跟我一样吃尽苦头——不，这么想不对，雷德。这么想当然没错，但这实际上有什么意义呢？想想我需要什么？这些全是诅咒，而非思想。他被一种不祥的预感吓得不寒而栗，便立刻跳过了众多有待解决的争论，凶巴巴地对自己命令道：听好了，你这个红头发的浑蛋，除非你思考清楚，否则不准离开这个地方，你会瘫倒在金球旁边，你会被灼伤，你会腐烂，但你这浑蛋，只要不想清楚，就哪儿都不能去。

天啊，我怎么找不到想说的话了？我的思想在哪里？他半攥拳头，狠狠地打了一下自己的脸。我这辈子连一个思想都没有！等等，基里尔以前常常说一些……基里尔！他发狂地挖掘自己的记忆，果然有些词语浮出了表面，多多少少有些熟悉，但没有一个是恰当的，因为基里尔留给他的不是什么词汇，而是一些模糊的画面，非常亲切，但完全不像是真的……

背信弃义，背信弃义。这个词也浮了出来。他们欺骗了我，让我有苦难言，那些浑蛋……痞子。我生来就是个痞子，长大了也是个痞子。就不该允许这种事情！你听见了吗？将来要禁止这种事，彻彻底底！人被生下来就是为了去思考（就是这句，基里尔说过的，终于想起来了）。只是我不相信这个。我从来没有相信过，现在依然不信。人出生是为了什么？我不知道。反正就这么出生了，仅此而已，然后拼尽全力勉强活着。希望我们都身体健康，他们都下地狱。我们是谁？他们是谁？我什么都不懂。如果我快乐，伯布里奇就不快乐；如果伯布里奇快乐，“四眼”就不快乐；如果“刺耳”快乐，其他所有人就都不快乐，这样一来，就连“刺耳”自己都会不快乐，除非那个白痴认为自己能想办法摆脱这种局面。天哪，太乱了，太乱了！我这辈子一直在跟科特布莱德上尉争斗，他这辈子一直在跟“刺耳”争斗，而他对我这个笨蛋只有一个要求：不要再当潜行者。可是，我还有一家人需要养活，怎么可能不做潜行者呢？难不成找份正式工作？但我不想为你工作，你的工作让我恶心得想吐，明白吗？人一旦有工作，那么他就会始终给别人打工，他就变成了奴隶，再无其他可能。而我一直想当自己的老板、我自己的员工，这样我就不必在意别人怎么想，也不必在意他们是否感到沮丧或无聊……

他喝完剩下的白兰地，用尽全力把空酒瓶扔到地上。酒瓶触地弹了起来，在阳光下闪闪发光，最后骨碌碌滚走了。他立马把瓶子忘得一干二净。他坐在那里，用手捂住眼睛，不再试图去思考或理解，而是去展望万事万物应有的样子，但他的脑海中再次浮现出一张张脸……还有钞票、酒瓶，尸骸腐烂殆尽后留下的一堆堆破布，以及一串串数字……他知道这一切必须摧毁，他也很渴望摧毁它们，但他想象得到，如果这些彻底消失，那么世界上就什么都不剩了，只剩下平坦的、光秃秃的土地。无助和绝望让他又一次想脑袋后仰，身体倚靠在金球上。于是他站起来，无意识地撣掉裤子上的尘土，开始往下方的采石场走去。

太阳炙烤着他，一些红点在他眼前游动，采石场底部的热空气摇摇曳曳，金球也因此显得像是在原地起起伏伏，仿佛波浪中的浮标一般。他从挖土机铲斗旁边走过，迷信地把脚抬高，注意不踩到黑色斑点。接着，他钻进了碎石堆里，穿过采石场，向舞动闪烁的金球走去。他满身大汗，热得透不过气，但同时又感觉冷得要命，跟宿醉似的全身上下剧烈颤抖，没滋没味的白色粉尘飘进嘴里，硌得牙齿咯咯响。他已经不再试图去思考了，只是绝望地重复着同样的话，像是在祈祷："我是个畜生，你能看出来，我就是个畜生。我不知道该说什么，他们没有教过我怎么说。我不知道怎么去思考，那些王八蛋不让我学习如何思考。但如果你果真无所不能、无所不知、无所不懂，你就自己弄清楚吧！看看我的灵魂，我知道，你要的一切都在那里。一定是的。因为我从未将灵魂出卖给任何人！它完全属于我，还有未泯灭的人性！你自己搞清楚我想要什么吧，因为我知道，我的愿望不可能是邪恶的！真见鬼，我什么都想不出来，除了他的那些话——希望每个人都幸福、自由，希望没有人会被遗忘！"

后 记

鲍里斯·斯特鲁伽茨基

与出版经历截然不同的是，这部小说的写作过程没有任何有趣或富有教益之处。小说构思于1970年2月，当时，我兄长和我在科马罗沃——位于芬兰湾的一座俄罗斯小镇——聚在一起，共同撰写《毁灭之城》（*The Doomed City*）。夜晚时分，在那个旅游小镇冷清的、白雪皑皑的街道上漫步时，我们会想到一些新的情节，其中就包括后来写的《太空莫格利》（*Space Mowgli*）和《路边野餐》。

我们把讨论内容记录下来，第一个条目是这样的：

……一只小猴和一个铁罐。在外星人造访地球30年后，他们留下的垃圾遗迹变成了人类探索、探险、调查和不幸事故上演的舞台。迷信逐渐滋长，一个企图通过拥有这些垃圾来取得权力的政府部门，一个试图摧毁这些垃圾的组织（他们认为，从天而降的知识是无用且有害的，不论有什么发现，只能被人类往邪恶的方面加以应用）。勘探者被尊称为“巫师”。科学的地位已经降低。被废弃的生态系统（宛如一块快要没电的电池），不同时期死去的人纷纷复活……

最终确定下来的标题《路边野餐》就写在笔记中，但“潜行者”的概念尚未出现，当时只有“勘探者”。差不多一年后的1971年1月，还是在科马罗沃，我们为这部小说制订了一个非常周密、细致入微的计划。但即便在这个计划中，在我们最终停止构思情节并开始正式写作的前夜，草稿中仍旧没有出现“潜行者”这个词。那会儿，潜行者依然被称作“捕猎者”：“捕猎者雷德里克·舒哈特”“捕猎者的女友库塔”“捕猎者的弟弟塞德维克”。很显然，“潜行者”这个词是在写这本书的第一页的时候想出来的。至于“勘探者”和“捕猎者”，我们从一开始就不喜欢这两个词，我记得很清楚。

我们是把英语单词中的“stalker”（潜行者）引入俄语的人。“潜行者”——在俄语里发音为“斯图尔克”（stullker）——是我们“杜撰”的少数几个常用词之一。“潜行者”这个词流传甚广，我猜这主要是因为1979年由安德烈·塔可夫斯基执导并根据我们的作品改编的同名电影。但即使是塔可夫斯基决定用“潜行者”也是有原因的：这个词一定非常精确，让他产生了共鸣，而且意味深长。从发音上来讲，念“斯托克”比“斯图尔克”要更为准确，但事实上，这个词并非我们从字典上找来的，而是取自罗德亚德·吉卜林[1]的一部小说，最初的译本叫《一群鲁莽之人》（*The Reckless Bunch*）或是类似的译名。该书主角是一群19世纪末20世纪初不受管束的英国学生和他们的“头目”——一个狡猾又淘气的孩子，绰号“斯托基”（Stalky）。阿卡迪年轻时——彼时他还是外国语军事学院的一名学生——从我这里拿到一本吉卜林的《斯托基与他的同伴们》（*Stalky & Co.*），这书是我碰巧在跳蚤市场买到的。他读完后非常高兴，便立即粗略地翻译了一遍，译名叫《斯图尔基与他的同伴们》（*Stullky and Company*）。这本书成了我从中小学到大学期间最喜欢的书之一。所以，当我们考虑“斯托克”这个词时，毋庸置疑地想到的是街头浪子斯图尔基，一个无情甚至有些残忍的年轻人，但他身上充满了孩子气的骑士精神和慷慨品质。那时候，我们甚至完全没注意到他的名字根本不叫“斯图尔基”，正确的发音其实应该读作“斯托基”。

在短短三个季度的撰稿周期中，《路边野餐》丝毫没有受到耽搁，也没碰到什么困难。1971年1月19日，我们开始撰写初稿，同年的11月3日就写完了。在此期间，我们一直忙于各种事情（都是些典型的愚蠢之事）——给“裁决元老院”（即莫斯科作家协会秘书处）写陈诉信；回信（我们俩并排坐着干这件事，不过回得很少）；为一部名为《两个世界的接触》（*The Meeting of Worlds*）的科普长片起草政府申请公文，这部影片讲的是与其他智慧生命接触的事；为苏联非常流行的电视剧《菲蒂尔》（*Fitil*）（大概是这

① 约瑟夫·罗德亚德·吉卜林（Joseph Rudyard kipling，1865—1936），英国小说家、诗人，1907年诺贝尔文学奖得主。

个名字）撰写了3个短片剧本；为电视电影《他们选择了雷布金》（*They Chose Rybkin*）构思了一个情节；写好了新小说《章鱼礁里的奇怪活动》（*Strange Doings at the Octopus Reef*）的情节初稿，诸如此类的——这些急就章都没有任何后文，而且与后来发生的事情毫无瓜葛。

出乎意料的是，《路边野餐》在列宁格勒的《极光》杂志（一本苏联的文学期刊）过稿相对顺利，稿件只在编辑过程中遇到了大量困难和较大的损伤，此外还有些轻微损伤。最后，杂志版于1972年夏天发表，几乎只字未改。

当时，《路边野餐》在出版商"青年近卫军"（Young Guard，YG）那里的一连串倒霉事才刚刚开始。事实上，严格来说，它始于1971年初，那时《路边野餐》尚未动笔，但这部小说仅在申请选集阶段就遭到了各种阻碍。那套设想中的选集被命名为《意外接触》（*Unintended Meetings*），专注于讨论人类与另一种智慧生命接触的问题，由3部小说组成，其中两部已经完稿，即《死亡登山者旅馆》（*Dead Mountaineer's Hotel*）和《太空莫格利》（*Space Mowgli*），还有一部仍在创作中。

波折迅速开始了。

1971年3月16日——阿卡迪·斯特鲁伽茨基：……上级阅读了选集，但对此含糊其辞，没有给出定论。应他们的要求，这套选集送到了某位科学史博士（？）手中审阅，理由是他真的非常喜欢科幻小说……然后，原稿连同他的评论意见将会一同寄回给阿芙拉门科［主编助理］[1]（可能是为了给她一个重新评估现存的但属于机密的评定意见的机会），在那之后，稿件会呈给奥斯波夫［主编］，直到那时，我们才能知晓作品的命运如何。那些狗杂种，评论家。

1971年4月16日——阿卡迪·斯特鲁伽茨基：我在YG公司看到了贝拉。她说现在没法做。阿芙拉门科让她在这件事上尽量保持圆通一些：告诉我们目前没有纸张了，而且纸张全被订光了，诸如此类的托辞。但她直截了当地将实情告诉了我，她的领导建议暂时不要出版斯特鲁伽茨基兄弟的作品……

其时，《路边野餐》还没完稿，所以从本质上来讲，他们禁止的是从未引起过任何市场反响的小说，一些完全无害的小故事。只是因为有人不想让斯特鲁伽茨基兄弟的作品面世，而这种阻挠又与出版社内部的困难局势相叠加：当时正好赶上领导层换届，他们正在连根拔除由谢尔盖·乔治维奇·哲梅蒂斯和贝拉·格里戈里夫纳·克鲁耶娃领导的科幻编辑团队所创造的丰硕成果——正是由于他们的劳动与付出，苏联的第二波科幻小说热潮才得以繁荣。

20世纪80年代初，阿卡迪和我认真考虑过收集、组织和传播

① 此类标记为原注。

“一部书的出版始末”（或“如何出版一部书”），系以《路边野餐》为核心作品的《意外接触》选集出版始末的一系列真实文件汇编（书信、评论、陈诉、申请文书、书面形式的作者哀号与怒吼）。有那么一段时间，我甚至已经开始系统地整理和挑选已有的材料，但很快就放弃了。这是一项会陷入死胡同的工作，一个不可能有结果的艰巨任务，而且整个项目中还透着一种明显的不自量力：毕竟，我们算老几呢？有什么资格用自己的例子来阐明20世纪70年代作家所面临的困局？尤其是在亚历山大·索尔仁尼琴、乔治·弗拉迪莫夫、弗拉基米尔·沃伊诺维奇，以及许许多多其他杰出人物所遭遇的命运的背景之下。

于是，该项目便被搁置了。但到了20世纪80年代中期，我们重启了这个项目。根据那时所有的规章制度，某些作品不仅可以传阅，而且还有出版的可能。一群孜孜不倦的卢登［斯特鲁伽茨基对智力超群的人类亚种的专用称呼］加入了我们：来自萨拉托夫的科幻专家及文学评论家瓦迪姆·卡扎科夫和他的朋友。我把所有材料都转交给他们——汇编已经整理好一多半了——但很快就清楚地认识到，它根本就没有出版的可能，没人愿意掏钱做这种出版物，因为这不太可能赚钱。此外，很多变故也在以极快的速度发生着：阿卡迪的去世、苏联的解体。在短短几个月的时间里，我们的项目就变得一点意义也没有了。

此刻，坐在书桌后面，盯着面前三个厚厚的文件夹，我甚为沮丧，同时还感到犹疑不定和困惑不已。这些文件夹里有各种陈诉信，哀诉状，当然还有所有这些部门的回函和我们之间的信件往来——名副其实的一大摞，保守估计，这种文件至少得有200份。我现在不知道该把它们做何处理。

一开始，我很期待用后记讲述《路边野餐》的出版故事：点出我曾经憎恶的人的名字，尽情地奚落那些懦夫、白痴和无赖，让读者瞠目结舌于我们所处世界之荒谬、愚蠢和卑鄙，行文既讽刺又极富启发意义，既审慎客观又冷酷无情，既仁慈又刻薄。然而，坐在这里，看着这些文件，我意识到，现在再说这些已经太迟太迟，我的讽刺、我的宽宏大量、我强烈的憎恨，再也没人需要了。向当今的读者解释如下问题会显得十分枯燥乏味：谁是谁，为什么陈诉没有任何意义？可现如今，谁还记得他们？谁还在意他们之中哪位仍在人世？我甚至不愿在这里提到他们，就让他们被过去所吞噬，然后彻底消失吧……现在，他们已经变得无关紧要，所以，我为什么还要为这种人自寻烦恼呢？

如果我最终还是决定在这里公布一个非常简单的相关文档清单，并对每份文档进行简要说明，那么，该清单将会大致如下所示：

1975–04–30	阿卡迪致信鲍里斯（编辑们对《路边野餐》“很不看好”）
1975–05–06	阿卡迪和鲍里斯联名给上级领导去函，要求编辑回应
1975–06–25	齐贝罗夫来函，解释为何延误回应
1975–07–08	上级领导和齐贝罗夫给予编辑回应

1975-07-21	阿卡迪和鲍里斯联名对编辑回应予以答复
1975-08-23	鲍里斯致信阿卡迪（选集已在7月份润色完毕，并寄给了编辑）
1975-09-01	齐贝罗夫发来通知，确认收到手稿
1975-11-05	上级领导发来《路边野餐》的退稿函
1975-11-17	阿卡迪和鲍里斯联名给上级领导去函，就退稿一事据理力争
1975-11-17	上级领导给鲍里斯回信表示困惑
1976-01-08	阿卡迪和鲍里斯联名给波列修克去函，对上级领导提出投诉
1976-01-24	帕尔申发来通知，确认收到来自CCAULYCL的信函
1976-02-20	帕尔申来函表示已对此事采取措施
1976-03-10	鲍里斯致信阿卡迪（提议给帕尔申和涅尔尼科夫分别寄建议书）
1976-03-24	阿卡迪和鲍里斯联名给帕尔申去函，并附上催促处理提示
1976-03-24	阿卡迪和鲍里斯联名给涅尔尼科夫去函，并附上催促处理提示
1976-03-30	帕尔申来函表示已对此事采取措施
1976-04-05	阿卡迪致信鲍里斯（建议给上级机关写信）

还有很多诸如此类的文件。今天谁还用得着这个？谁会愿意读这种东西？

但如果不写这些，那还有什么可写的呢？没有这个冗长乏味的清单，以及他们那令人沮丧的、刻毒的评论，该如何讲述《路边野餐》出版的故事呢？（在某种意义上，这个故事简直让人难以置信）因为这部小说或许确有瑕疵，但同时其优点也是非常明显的：情节显然很扣人心弦，能够给读者留下相当深刻的印象（别忘了，它确实赋予了像安德烈·塔可夫斯基这样非比寻常的读者以灵感，让他拍摄出一部优秀的电影）。那么，究竟是什么不可思议的——或者更确切地说是神秘的？可恶的？——原因，导致它注定要花8年的时间才能问世？

起初，出版商压根儿就不想就这套选集跟我们签订合同，后来还是签了，但出于某种原因拒绝出版其中的《死亡登山者旅馆》。再后来，他们好像同意用之前过审的《神仙难为》（***Hard to Be a God***）把《死亡登山者旅馆》替换掉，但之后却又明确拒绝出版《路边野餐》……根本不可能把这场较量简要地叙述出来，因为拖得太久太久了——最终长达8年。其间，出版商出人意料地撕毁了合约（突然就无缘无故地退掉了《神仙难为》），又续签了五六次合同，然后甚至突然想彻底跟这套选集撇清关系（最后还闹到了法庭上）。但总的来讲，在这段时间里，他们年复一年执拗地逐字逐句提出修改要求：把复活的僵尸从《路边野餐》中剔除；改变雷德里克·舒哈特的语言风格；提及基里尔·帕诺夫时补上“苏联人”一词；去掉阴郁、绝望、粗俗、凶残的字眼……

我保存了一份非凡的文档：文字编辑对《路边野餐》连篇累牍的批评意见。那些意见竟然长达18页，并且分为以下几部分：“关于主人公们伤风败俗行径的意见”“关于暴力行为的意见”“关于污言秽语的意见”。我必须摘出一些节选来。请记住：下面这些节选绝不是我精挑细选的，我绝非故意只选择愚蠢的言论，而是按照先后顺序，把那些意见依次展示给读者。先从随着文档一并寄来的解释函开始：

当然，我们［指编辑］只誊写了那些在我们看来需要删除或替换的表达方式或措辞。这些意见首先取决于这样一个事实：您的书是写给青少年和年轻人的，是写给那些把苏联文学视作道德教科书和人生指南的共青团员的。

关于主人公们伤风败俗行径的意见

［总共有93条意见，现将前10条摘抄如下］

你就得撅起大屁股 ——第30页

别说用手了，用牙齿走路都行 ——第30页

四肢着地向前爬行 ——第42页

掏出酒瓶，拧开瓶盖，像水蛭一样嘬着瓶口 ——第46页

将瓶中的酒一饮而尽 ——第46页

我还需要再喝一口 ——第46页

我今晚要喝得酩酊大醉。我一定要赢理查德，必须赢！那浑蛋的牌技确实不错 ——第49页

我需要喝一杯，真等不及了 ——第53页

我真想为你的改邪归正跟你喝一杯 ——第53页

……一声不吭地给我倒了一杯伏特加。我爬上吧凳，抿了一口，辣得龇牙咧嘴，摇摇头，接着又抿了一口

——第54页

关于暴力行为的意见

［总共有36条意见，现将最后9条摘抄如下］

抓起一个沉甸甸的啤酒杯，使出浑身力气砸到最近的一个哄笑之人的脸上 ——第193页

雷德里克从口袋里摸出一颗重约一盎司的坚果，瞄准亚瑟扔了过去，正好击中他的后脑勺。男孩倒抽一口气［等等］ ——第196页

下次我就把你的牙齿打断 ——第196页

另一只脚踹了一下雷德里克的脸，然后拼命地扭动扑腾 ——第199页

用胸膛死命压着那该死的孩子。他也受不了了，便拼命尖叫起来 ——第199页

那张俊俏的小脸看起来就像一张由草灰和凝血制成的黑灰相间的面具［等等］ ——第200页

雷德里克把他脸朝下丢到最大的水坑里 ——第201页

希望那些王八蛋痛不欲生，让他们跟我一样吃尽苦头

——第217页

他半攥拳头，狠狠地打了一下自己的脸 ——第217页

关于污言秽语的意见

［总共有251条意见，现从中间任意摘抄10条如下］

他突然破口大骂，卑鄙下流的脏话喷涌而出，声音微弱却极其恶毒，同时还对雷德里克喷着唾沫星子……

——第85页

戴上你的烂假牙，跟我走 ——第85页

“屠夫”便咒骂一声 ——第87页

你一直是个人渣……是名副其实的秃鹫 ——第75页

浑蛋 ——第80页

我快饿死了！ ——第90页

“小猴”跟嗑了药似的正在安恬入睡 ——第91页

他还脏得要死 ——第91页

去他妈的！ ——第95页

冲一个身穿连帽斗篷的非洲佬嘟嘟地按起喇叭

——第98页

…………

犹记得收到这份令人惊叹的文件后，我便径直冲向书架，欢欣

地取出我们挚爱的、超凡绝伦的雅洛斯拉夫·哈谢克[1]的书，怀着无以言表的喜悦之情读了起来：

对年轻女士来说，女子精修学校[2]绝非人生的全部。每个人的谈吐都与其成长环境相符合，比如礼宾部主任古斯博士和“圣杯”酒馆老板帕利韦茨的讲话风格就大相径庭。这部小说既不是关于提升客厅品位的指南，也不是用来教给人们学习上流社会谈吐的教学手册……

有人曾经说过，一个受过良好教育的人不排斥读任何东西，这是非常正确的。只有那些最贱的、思想最肮脏的下流胚子在面对最自然不过的事情时，才会感到大惊小怪。他们满口仁义道德，实为可鄙至极的伪君子，完全无视别人谈话的整体内容，只会揪住个别字眼，加以疯狂攻击。

几年前，我读到一篇对某部中篇小说的批评，在该文章中，评论家怒不可遏，只因作者在小说中写了这句话：“他擤了擤鼻涕，又将其抹干净。”他表示，这种表述与“文学应该表现国民的美好和崇高”的宗旨背道而驰。

这只是一个很小的例子，由此也可看出，这世界上究竟生活着一些怎样该死的蠢货。

---

① 雅洛斯拉夫·哈谢克（Jaroslav Hašek，1883—1923），捷克幽默作家、讽刺作家，代表作品《好兵帅克》。

② 为富家女子学习上流社会行为所办的私立学校。

哦，要是能引述上面的文字，同时，我自己再添点儿油加点儿醋，都说给“青年近卫军”的那帮人听，该有多好啊！然而，唉，这么做根本没有意义，甚至在战术上可能是错的。此外，很多年以后，我们终于清楚地认识到，我们当年其实完全误解了那些人的动机和心理状态。

你看啊，我们当时天真地以为，我们的编辑只不过是害怕上级，不想因为出版一部由极其靠不住的作者创作的、他们拿不准的作品，而受到上级的打压。一直以来，在所有往来的信件和申请函中，我们始终在煞费苦心地强调一件在我们看来显而易见的事：这部小说没有任何违背道德之处，在这方面绝对没有丝毫的危险成分。诚然，书中描绘的世界确实很粗鄙、残酷、绝望，但它必须这么写，毕竟那是一个充满腐朽的资本主义和耀武扬威的资产阶级思想的世界。

我们甚至压根儿没想过，他们*实际上是这么想的*：语言必须尽可能地干净、流畅，辞藻华丽，绝对不能那么粗鄙；科幻小说一定要超凡脱俗。小说中的主角们不应该“走”，而应该“行进”；不应该“说话”，而应该“发言”；绝对不能“大声嚷嚷”，只能“大声呼喊”。这是一种特殊的审美趣味，是一种极其独立的文学观念，不仅是对于总体的文学而言，而且对科幻小说来说更是如此——如果你愿意的话，可以将其视为一种独特的世界观。顺带一提，这是一种得到普遍支持且相对无害的观念，但前提是，这种世界观的持有者没有影响文学进程的机会。

然而，从我在1977年8月4日写给阿卡迪的一封信来看：

……上级领导对文稿的处理如下：（a）对“污言秽语”清单中的53处做了语言风格上的修改。他在信中解释说，这是为了满足CC AULYCL的要求。（b）把丧尸解释为外星人用来研究地球人的机器人，把金球解释为某种探测生物电流的仿生装置。信中解释说，这样做是为了让亡者安眠于九泉之下。（c）信中进一步指出，编辑们提出的其余要求（关于暴力等方面）实际上属于思想上的错误。每一份寄过去的文件都要求对方发回通知，根据他们寄回的通知日期来看，YG已经于今年7月26日收到了我们的文件。真该死，真该死……

双方交战至此达到白热化。之后还有很多回合：编辑的谨小慎微进一步发作，试图与作者彻底撕毁合同，我们向全苏版权局（AUAC）、CC AULYCL和CC CPSU递交陈诉信和哀诉状……

到了1980年秋天，《意外接触》选集的出版终于看到了一丝曙光，但整套作品已经被屠戮得面目全非，惨不忍睹。最初计划中的作品只剩下《太空莫格利》这一棵独苗了，《死亡登山者旅馆》早在5年多前的交战中战死沙场，而《路边野餐》在经过这样一番编辑处理后，原作者已经不想再通读了，甚至连翻开书页都感到极为反感。

但作者最终还是取得了胜利。这是苏联出版史上最为罕见的事件之一：出版商本来不愿出版，但作者却强迫他们出版了。专家们认为这种情况根本不可能发生，但结果证明，这是可能的。前后抗争了8年啊。给大大小小的委员会写了14封信，文本中二百来处有辱人格的修改，在琐事上浪费了不可估量的精力……是的，作者取得了最终的胜利，这是无可争辩的。

但这是以惨重代价换取的胜利。

尽管如此，《路边野餐》不仅在过去是，而且现在依然是斯特鲁伽茨基兄弟最受欢迎的一部小说——至少在国外是如此。可能是因为塔可夫斯基那部杰出的电影《潜行者》起到了催化剂的作用。但该小说广受欢迎的事实无可否认：它在20个国家发行了大约50个版本，包括美国（3个）、英国（4个）、法国（2个）、德国（7个）、西班牙（2个，其中有一个加泰罗尼亚语的版本）、波兰（6个）、捷克共和国（5个）、意大利（3个）、芬兰（2个）、保加利亚（4个）等等。在俄罗斯，《路边野餐》也相当受欢迎，虽然与有些书相比有些差距，比如《消失的星期天》（*Monday Starts on Saturday*）。《路边野餐》今天仍有人读，并且其生命力可能会持续到21世纪的第三个十年。

当然，你眼前的《路边野餐》完全恢复了作者最初的那个版本。但时至今日我却发现，哪怕仅仅将《意外接触》文集拿在手里就已经感到很不舒服，更别说读它了。

图书在版编目（CIP）数据

路边野餐 /（俄罗斯）阿卡迪·斯特鲁伽茨基，（俄罗斯）鲍里斯·斯特鲁伽茨基著；刘文元译．-- 郑州：河南文艺出版社，2021.5
（读客外国小说文库）
ISBN 978-7-5559-1160-9

Ⅰ．①路… Ⅱ．①阿… ②鲍… ③刘… Ⅲ．①幻想小说－俄罗斯－现代 Ⅳ．① I512.45

中国版本图书馆 CIP 数据核字（2021）第 068476 号

著　　者　［俄罗斯］阿卡迪·斯特鲁伽茨基 / 鲍里斯·斯特鲁伽茨基
译　　者　刘文元
责任编辑　王　宁
责任校对　绳　刚
特邀编辑　武姗姗　　叶　子
策　　划　读客文化　021-33608320
版　　权　读客文化
封面设计　李子琪
出版发行　河南文艺出版社
印　　刷　三河市龙大印装有限公司
开　　本　890mm ×1270mm 1/32
印　　张　7.5
字　　数　157 千
版　　次　2021 年 5 月第 1 版　2021 年 5 月第 1 次印刷
定　　价　42.00 元

如有印刷、装订质量问题，请致电 010-87681002（免费更换，邮寄到付）